新 潮 文 庫

大きな熊が来る前に、おやすみ。

島 本 理 生 著

新 潮 社 版

8889

目次

大きな熊が来る前に、おやすみ。 7
クロコダイルの午睡 69
猫と君のとなり 135
あとがき 189
解説 松永美穂

大きな熊が来る前に、おやすみ。

大きな熊《くま》が来る前に、おやすみ。

徹平《てっぺい》と暮らし始めて、もうすぐ半年になる。付き合ってすぐの頃に今の部屋へ二人で引っ越したから、交際期間もほとんど同じぐらいだ。それでも時々は冗談で結婚の話なんかも出る。

だけど今が手放しで幸せという気分ではあまりなくて、むしろ転覆するかも知れない船に乗って岸から離れようとしている、そんな気持ちがつねにまとわりついていた。

そういうのを短大時代の先輩の吉永《よしなが》さんはきちんと見抜いていて

「珠実《たまみ》ちゃんは妙にきまじめなところがあるから、一緒に暮らしたら、もう結婚しなくちゃいけないって思ってるのよね。きっと」

休日のランチの最中にそう言われて、痛いところを突かれたな、と思った。

「たしかにそういうところは、あるかも知れません」

「性急なのも情熱がある証拠だから悪いとは言わないけど、あんまりあせらないほうがね。もうちょっとお互いの関係が安定してから考えれば良いと思うし、相手のことを見極める時間が必要よ。一生のことなんだし」

私が上手《うま》く答えられずに黙っていると、吉永さんは、はい、とハヤシライスの脇《わき》のリンゴの小皿を差し出して
「疲れてるときはビタミンでも摂《と》って。ちょっと肌荒れしてるわよ」

ありがとうございます、と呟《つぶや》いてから、私はリンゴを半分ほどかじった。口の中に広がった瑞々《みずみず》しさは、さっき切ったばかりの味がして、やけにしんみりとした気持ちになった。

残りのリンゴを口に放りこんでからレストランの窓の外を見ると、晴れた空は、銀色に光を反射する高層ビルの合間で、そこだけ目が覚めるほど鮮やかな色をしていた。

ベッドに入って眠る間際《まぎわ》、私はいつも祈る。悪い夢を見ませんように、今夜はゆっくり熟睡できますように。そんな自分を神経症のように思う。だけど、やめられない。強すぎる祈りは、同時に、呪《のろ》いのようだ。

徹平はとなりでさっきから本を読んでいる。掛け布団《ぶとん》の上に本を置いて、左手でページをめくり、右手は私の手につながれている。あんまり眠れないんだ、子供の頃からずっと眠りが浅いの。彼が初めて泊まった夜、そう告げてから、彼はいつも眠るときには手をつなぐ。

「やっぱり眠れない？」

ふいに本を閉じて、徹平が訊《き》いた。

「大丈夫。そろそろ眠くなってきた」

私が嘘《うそ》をつくと、彼はほっとしたように言った。

「それなら俺も今日はここまでにして、そろそろ寝よう」

彼は撫《な》でるように枕元《まくらもと》のライトに手を添え、明かりを消した。

眠れそうかな、と心配そうな声が暗闇《くらやみ》の中に響き、私は、うん、と見栄《みえ》を張った子供みたいな声で答える。

「早く寝ないと、大きな熊《くま》が食べに来るんだっけ?」

彼が笑いながら尋ねたので、私もつられてちょっと笑った。

「そうだね。だから早く寝ないとね」

「俺、あれから北海道出身の同僚にも訊いてみたんだけど、やっぱりそんなふうに言われたことのある奴《やつ》はいなかったよ」

「私の父はおばあちゃんから聞いたみたいだから、同じ北海道って言っても、その地域によって違うのかもね」

そんな他愛《たわい》もない話をしているうちに、言葉が途切れ始め、徹平の寝息が漏れてきた。

私はずっと目を開けて、真っ暗な天井を見つめた。

「早く寝ろ。子供がいつまでも起きてると、大きな熊が来て食われるぞ」

私が暗がりで本を読んでいると、部屋の外から大声が近付いてきて、父が勢いよくドアを開ける。父は別室で母と眠るから見えないはずなのに、そういうときにかぎって勘が良かった。

あわてて本を閉じて眠ったふりをすると、ドアが閉ざされ、まぶたに映っていたかすかな光も途切れる。浅く息を吐く音が鼓膜に響き、私は祈る。たった一つ、いつも胸に秘めていた願い事を唱える。

眠らないと大きな熊が来る、という不思議な言葉の由来は、北海道の生まれだった父がテレビに映った一面の雪景色を指さして

「お父さんは小さい頃にここで育って、死んだおばあちゃんもずっとこの土地で生まれて育ったんだ。お父さんの住んでた町はそれなりに栄えてたけど、おばあちゃんの住んでた村は本当に田舎で、しょっちゅう熊が出て、実際に人が死んだりしたから、悪い子供はみんな熊が来て食われるって脅されたもんだ」

それなら父のもとに熊が来なかったのはどうしてだろうと、私はいつも不思議だった。父は私よりも良い子だったのだろうか。とてもそうは思えなかった。

以前、徹平にその話をしたら、彼は首を傾《かし》げて

「熊って、聞いたことないな。普通はおばけとか人さらいとか、そういうものだよな」

それからたまに眠れない夜があると、合い言葉のように、二人で熊のことを口に

する。

そんなときに暗闇で見る徹平の横顔は、私が子供の頃に薄目を開けて見た父の顔に似ている気がした。

普通の会社員をしている徹平と、保育士をしている私が一緒に昼食を取れるのは土日しかなくて、だから休日はいつもより手間をかけて料理をする。

買ってきたばかりのルッコラとレタスをちぎって氷水に浸し、その間にベーコンを焼く。焼いたベーコンはそのまま器に盛ったサラダの上にのせる。そうするとベーコンの脂《あぶら》が野菜に行き渡って、淡泊なだけじゃない、香ばしい野菜サラダができる。その代わりにドレッシングは塩とレモン汁だけにして、それからほかの料理もお皿に盛りつける。

「できたよー」

玉ねぎとキノコのスープを器によそいながら、私は部屋でパソコンのメールをチェックしていた徹平を呼んだ。

彼は昨夜《ゆうべ》飲み過ぎたのか、腫《は》れぼったくなったまぶたを軽く擦ってから、フォー

クに刺さったサラダを口に運んで
「美味《うま》いよ、これ」

と掠《かす》れた声で呟いた。

「ベーコンをカリカリになるまで焼くのがコツなんだよ」

そんなことを喋《しゃべ》りながら、お皿の上のパンに手を伸ばす。近所に出来たばかりの煉瓦《れんが》造りのパン屋は良い仕事をする。四角く切ったチーズがごろっと入った焼きたてのパンをちぎると湯気があふれてきた。

徹平がパンを片手にテレビをつけると、朝のニュースをやっていた。こんなふうに彼と向かい合って、ニュース番組を見ながら食事をするのも、もう何度目になるだろう。

「なんか、結婚の予行練習をしてるみたいだな」

彼がパンを頬張りながら言った。

「それって、どうなの」

「妙な気分だよ。自分が結婚する可能性なんて考えたこともなかった。幸せな家庭生活とか、本やテレビを見てるだけでお腹《なか》いっぱいになるほうだったから。朝、起きると家族がにこにこ笑ってて、意味のない話とかしながら飯食って、そういうのが何十回、何百回、何千回って一生くり返されるんだろう。それがうさん臭いとは言わないし、すんなりその中に組み込まれたら幸せだとは思うけど、そのスタート位置に立つ手前から想像していると、その終わりの見えない幸福って、目的がなくていつまでもクリアできないゲームをやってるみたいで、気が変になりそうだ」

付き合い始めたばかりで希望と不安の入り混じった時期にこんなことを言われたら普通は絶望するだろうな、と私は思いつつ、尋ねた。

「その、普通の家庭生活を一応は肯定しつつも受け入れたくはないっていうスタンスは、なんだろうね」

「分からない。ちゃんと考えたことがないから」

「だめだよ。それなら今、ちゃんと考えようよ」

私が真顔で言うと、彼は困ったように笑った。

「そうやって、また、すぐにごまかす」

「珠実はいつもそうだね」

彼はザクザクとフォークにレタスを刺しながら

「そういうのを適当に受け流さないで、一つ一つ、きちんとやろうとする」

誉められているはずなのに、なぜかちょっと恥ずかしい気持ちになった。

「だって、それが人間関係だと思うから」

「それを当然だと思っていない人間も大勢いるってこと」

「そっか」

彼と話していると、今まで自分が当たり前だと思っていたことを簡単に否定されてしまうときがある。相手を好きな分、価値観がぶれる瞬間はいつもはっとする。

「今までに付き合った女の人も、そういう性格だったの？」

過去に触れることは同時にちょっとした嫉妬《しっと》との戦いで、彼と付き合ってから、自分が意外と嫉妬深かったことに気付いた。

「理解できないところがあっても、突き詰める必要はべつにないって思う人が多かった？」

だけど訊いてしまう。そういう性格なのだ。

「そうだな。べつに自分の言ったことに対して深く突っ込まれたことはなかった」

「そういう人とばかり付き合ってたら、どうして私のところに来るのかな」

私はちょっとあきれて訊いた。

途端に彼は口を尖《とが》らせて

「だって会ったばかりのとき、おまえ、俺のことばかり見てるんだもん。てっきり気があるのかと勘違いするだろ。だから、これはいけるなって」

こういうところは普通に軽い男の人だ。

「なにもしなかったくせに」

そう呟くと、彼は苦笑して

「なんだか和んじゃって、そんな気をなくしちゃったんだよな」

「嬉《うれ》しいような、悲しいような」

「一緒に生活するのに適してるって思うよ」

徹平はパンの最後の一切れをスープに浸して食べ終えると、ごちそうさま、と言った。

片づけをすませてから、私は吉永さんとの約束に出かけるための支度をした。

「夕飯までには帰るから」

ソファーで居眠りしかけていた徹平にそう告げると

「分かった。ごめん、昨日、付き合いで遅くなっちゃって。まだ少し眠くて」

「いいよ、私も楽しんでくるから、徹平はゆっくり休んでて」

「遅くなるようだったら連絡して。まだ会ったことないけど、吉永さんにもよろしく」

そう言った彼に私は笑って手を振り、真冬の風が吹きすさぶ中、白いハーフコートに赤いストールを巻いて家を出た。

本当は、徹平に初めて会ったときから、父のことを思い出していた。友達から紹介された後に何人かで飲みに行ったときも、そのことばかり考えていた。

口数が少なく、言いたいことを腹に押し込めたような顔をしている。飲み始めると次第に饒舌《じょうぜつ》になり、表面的にはとても明るい人に見えるけど、目だけが冷めている。時折、わざと自分を落としてまわりを笑わせるわりに、他人からからかわれると上手く乗れない。

そういうプライドが低いふりをして本当は自我のかたまりみたいなところや、それを完璧《かんぺき》に隠し切れないでついぼろっと出してしまう不器用さもよく似ていて、ひどく落ち着かない気分になったけれど、目が離せなかった。

「家に行ってもいいですか」

帰りの電車を待つホームでそう言った彼の、今よりもずっと渇いた目の感じは、未《いま》だに印象に残っている。きっとこの人は子供や動物が苦手だろうな、と思った。そういう無邪気に強い生命力を発散するものの対極にいる人だという気がした。

部屋に来た彼は、私が出したコーヒーを飲みながら
「初めて来たのに落ち着く部屋ですね」

壁に寄りかかってそう言った顔からは、先ほどまでの愛想みたいな笑顔が消えていた。

それでも本能の警告を無視して彼に近付いたことで困難はかならず後からやってくるだろうと思った。

だから徹平が道端ですり寄ってきた猫を撫でたり、ベビーカーに乗った赤ん坊がぐずっているのを優しい目で見ていたときには、内心びっくりした。勤め先の保育園のお遊戯会の飾りを作っていたときも、物珍しそうに手伝ってくれた。お遊戯会

当日は、ほかの先生たちの上手な折り紙に紛れて、彼の作ったいびつな風船やリスが教室の窓辺で揺れた。

彼の言動には身も蓋《ふた》もないところもあるけれど、自分の差し出した優しさにはけっして見返りを求めないところを尊敬していた。

いつだったか私が
「徹平の優しさは、すごく自然だね。育ちがいいのかな」

と言ったら、彼はとても驚いたように
「そんなことを他人から言われたのは生まれて初めてだな」

と言って、少しだけ嬉しそうに笑った。

だからあの夜がなければ、私はきっと初対面の印象も子供時代のこともすっかり忘れて穏やかな気持ちで暮らせていただろう。

それとも、遅かれ早かれ、いつか同じような夜は訪れていたのだろうか。

新宿で吉永さんと会ってからデパートで買い物をした帰り、高野のフルーツパーラーに寄った。

メロンやらアイスクリームが乗った豪華なフルーツパフェが来ると、吉永さんは嬉しそうな顔でスプーンを握り、よどみない手つきでパフェを口に運びながら
「会った日にそのままっていう始まりが、じつはちょっと気になってたの。珠実ちゃんらしくないって言うか、もっと慎重なタイプだと思ってたから」

彼女はけっして一方的に他人を非難したりはしない。だってそういうのっておこがましいじゃない、と彼女は言う。その代わり、自分が感じたことや疑問に思ったことはどんどん口に出す。そういうところが好きだ。

「それほど好きっていう証拠なら良いんだけど」

吉永さん。私、徹平のことは好きだけど、そういうふうにエネルギーのある愛情じゃなくて、自分から真っ暗な深い穴に潜っていくような気持ちで毎日を過ごしているんです。

だけどそんな言葉は誤解を招くだけだから口に出来なくて、私は別の言葉を返す。

「大丈夫です、今はちゃんと落ち着いて暮らしてますから。浮気や無駄遣いのチェックもさりげなくしてますよ」

それは頼もしいわ、そう言って吉永さんも笑った。

「だけど珠実ちゃんって、たしかに頑丈なところもあるけど、芯《しん》は繊細なんだから気をつけてよ。短大時代だってふらふらになりながら就活してて、今の保育園に決まった直後に倒れたじゃない。ああいう無理はくれぐれもしないように」

最後のほうの口調はまるで母親だった。ああ、だから私は彼女が好きなんだ、と思った。

薄いピンク色の爪《つめ》に白のフレンチネイルをして、化粧は控えめだけど長い睫《まつげ》はさらに長く、そして白いブラウスに紫やグレーの上品なニットとスリットの入ったスカートで待ち合わせにやってくる吉永さんは一見隙《すき》のない美人に見えるけど、内面はむしろ下町の世話焼きのおねえさんという感じだ。そのギャップが女の人から人気で、短大のときから彼女のまわりにはたくさんの友達がいた。たとえば吉永さんを慕うように、徹平に対して無頓着《むとんちゃく》に愛情を語れるわけではなかった。

彼と私は考え方や性格が似ているところもあるけど、百七十度ぐらいずれているところも多く、そういうときは石だらけの舗装されていない道を歩いているみたいで、二人でいることは時折我慢比べのようだと感じる。

それに、吉永さんにも誰にも言えないことがあった。あの夜に引っ張られて抜けた髪の痛さ、背中を蹴《け》った足の強さを、今でははっきりと思い出すことができない。怖いとはあまり感じなかった。髪をつかまれて壁に打ち付けられた後、床に倒れたときに暗闇《くらやみ》の底から見上げた徹平の目には、憎んでいるような気配はなかったから。

たとえこんな穏やかな昼間の日差しの中でもはっきりとよみがえる。あのとき、私たちは、完璧に均等に、途方に暮れていた。

きっかけは本当につまらないことだった。一緒にテレビを見ていたときに、CMの新人アイドルが可愛《かわい》いか可愛くないかでちょっとした口論になり

「ああいう齧歯類《げっしるい》みたいな顔は、馬鹿《ばか》みたいだから、嫌いなんだ」

徹平が言い放ち、幼い頃からハムスターに似ているとたびたび言われていた私が思わずむっとして、手元のクッションを投げつけ、そのクッションが音をたてて彼の顔に当たってから落ちたとき、急に頭を強い力で引っ張られた。

髪をつかまれて額が壁にぶつかるまでは、ほんの数秒程度だったと思う。一瞬、

視界が真っ暗と真っ白な世界に点滅して、それから広がるように痛くなって、私は床にうずくまった。その背中を彼の足が蹴りつけた。私はひたすらお腹《なか》と顔を守るために胎児みたいに丸くなっていた。唇の裏側の、ぬるぬるとした部分から血の味が滲《にじ》んできた。

ようやく暴力がおさまったとき、顔を上げると、こちらを見下ろす徹平のほうが呆然《ぼうぜん》とした顔をしていた。

ゆっくりと床にしゃがみ込んだ彼は、泣き出しそうな目で言った。

「ごめん」

その言葉を聞いた瞬間、私はかえって混乱して、途切れとぎれに言った。

「謝るくらいなら、どうして」

「暴れたら押さえつけないと」

「暴れるって、ちょっとクッションを投げただけで」

「そうなんだ。そうだよな。だけど、一度、始めたら、途中でやめるわけにもいかないと思って。そうすると、一番ひどい状態でだめになる気がして」

後半はなにを言っているのだか、正直まったく理解できなかった。だけど彼が口にした、いったん始めたら途中でやめられない、という一言が、おそろしい呪《のろ》いの言葉みたいに耳にいつまでも残った。

仕事から帰った夜、お風呂《ふろ》に柚子《ゆず》の香りの入浴剤を入れていたら、電話が鳴った。

「お母さん、どうしたの？」

濡《ぬ》れた手をジーンズで拭《ぬぐ》うと細かな泡が手の甲で弾《はじ》け、ソファーからこちらを見ていた徹平が苦笑した。

彼がリモコンを摑《つか》んでテレビの音量を下げると、急に母の声がはっきりと大きくなった。

「元気にしてるかなって思って。おじいちゃんたちがあんたに会いたいっていうから、たまには彼氏でも連れて遊びに来なさいよ」

母はいま群馬の実家で暮らしていて、祖父母が経営する民芸品のお店を手伝っている。近所の温泉にしょっちゅう通っているので、たまに会うと、以前よりも若返ったように感じる。肌なんか化粧をしていなくても、都会の直射日光にやられた私よりもずっと白い。

「お父さんは元気？」

するとと母はちょっと苦笑して、困ったように言った。

「お父さんなら、とっくに死んだでしょう」

知っている。

分かっていて、聞いたのだ。

「……ごめん。クセになっちゃってるんだよね。お父さんが入院してたとき、お母さんに電話で訊《き》いてたから」

「そのわりにはろくにお見舞いにも来なかったわね。まあ、仕方ないけどね。あんた、お父さんのことを嫌ってたし」

「そんなことないよ」

私が否定すると、母は短くため息をつきながら
「だってあんた、お父さんがいなくなったらどうすればいいんだろうって私が言ったら『犬でも飼えばいいじゃない』って、いつだったか、答えたじゃない。あのときは本当にびっくりしたんだから。たしかに厳しい人ではあったけど、死ぬ間際《まぎわ》に娘にそんなことを言われたらお父さんだって可哀想《かわいそう》よ」

「お母さん。それ、お父さんに言ったの？」

「言えるわけないじゃない！　そんな病人に追い打ちかけるようなこと」

でも、お母さんは知らないから。

言葉が喉《のど》までこみ上げた。だけどそれを飲み込むのは、知られたくないというよりも、もう一つの不審が頭をもたげてくるからだ。

本当は、母は知っていて、知らないふりをしていたのではないか。休日、近所に夕飯の買い物へ行っていた母が帰ってきたときにいつも家の中を満たしていた不穏な沈黙。ちょっと聞き分けがないから叱《しか》ったのだという父の言葉に、仕方ないわねえ、という感じで受け流してビニール袋から大根や白菜を取り出す後ろ姿。どうして私にはなにも訊かないのか、具体的にどんな悪さをしたか追及しなかったのか。大したことだと思っていなかったならまだ救われる。けれども薄々察していたのに知らないふりをしていたとしたら。

深く追い込んでいくと、次第に追い込まれていくのは自分になる。父を否定する私にとって、母を信頼することは命綱のようなものだ。それを失いたくなくて、母に対する疑問を押し殺す。

長い沈黙を反省と受け取ったのか、母は優しい口調になって
「そんなことよりも、あんたのところに野菜とかお米とか送ったから。二、三日中には着くと思うから二人で食べてね」

私はお礼を言い、それからちょっと世間話をして、電話を切った。

振り返ると、いつの間にかこちらをじっと見ていた徹平と目が合った。

「いつも確かめちゃうんだ。お父さんが死んだこと」

そう、と彼が言った。

「入院してからは、いつもお母さんに電話で様子を聞いてたから。だから、さっきみたいに電話してると、電話の向こうで、白いベッドに横たわって眠っているお父さんがまだどこかにいるような気がして」

そっか、と彼は呟《つぶや》いてから、ひとりごとのように言った。

「俺だったら、逆に、口にも出せないと思う」

徹平に、前からしたくて出来ない質問がある。

それは、弟さんはどうしたの、という一言だ。

いたという話を前に聞いたことがあって、でもそれっきり彼は弟さんのことを語

ろうとしない。そのときも、子供時代の話をしていたときにうっかり「それで俺の弟が」と漏らしてしまっただけだから、自主的に喋《しゃべ》りたくて口にしたわけではないのだ。

私がさらに詳しいことを聞こうとしたら、彼は露骨に表情を強《こわ》ばらせて黙ってしまったので、それ以来、むこうから口を開いてくれるのを待っている状態だった。

思えば、私のそういうところが昔から父を怒らせた。父にとってなにか都合の悪いことを私が尋ねたり、変に大人びた口をきいてしまうと、途端に不愉快そうに押し黙った。

そして母が出かけてしまうと、さっきは親に生意気な口をきいたと怒鳴って、壁を蹴る。その一撃で私はもうすべての言葉と動きを奪われる。そして、長い、長い、恐怖の時間。

父が抱いた暴力的なエネルギーは体内で独立した獣みたいで、私の体はそれを好き勝手に放つことのできる庭のようだった。だけどその庭はとても狭く、後には踏み荒らされた草木の残骸《ざんがい》だけが残る。私はずいぶん長いこと、そこに美しい植物を植えることができなかった。恐怖を吸い上げて色を失っていく風景をただ見ていた。

あるとき、小学校から帰る途中に、女友達が、父親も母親も口うるさいから嫌い、もっと良い家に生まれたかった、と愚痴っていた。

彼女がふいに奇妙な優越感に満ちた表情で、言った。

「珠実ちゃんの家はいいよね。お母さんもお父さんも、優しそうで。幸せだもんね」

私は否定も肯定もせずに、ただ曖昧《あいまい》に笑っていた記憶がある。

けれど私が小学校の高学年になる頃には、父の対応も少しずつ変化してきて

「子供はな、話が通じなくて苛々《いらいら》するんだ。おまえはもう物が分かるようになって、馬鹿じゃなくなったから、乱暴なことをして教える必要がなくなったんだよ」

父と二人だけでいたとき、親が子供を殺したというニュースをテレビで見ていたら、ふいにそう言って私の頭を撫《な》でた父の手は、ちっとも暖かくなかった。ただ彼がそう言い切ったことには心の底からほっとした。

それでも数年間は夜中に父の足音が近付いてくると体が強ばって、心臓の音がうるさいくらいに布団《ふとん》の中で高鳴った。そういうときは必死に熊《くま》に祈って、彼が通り過ぎるのを待った。

徹平は人の多いところが嫌いだ。複数の視線や気遣いを感じるだけで疲れるのだという。繊細というより、過敏なのだと思う。

それでも仕事のときには普通の顔をしているみたいだが、付き合いや飲み会が続いた夜にはぐったりした顔で帰ってきて、口数も少なくなる。

新宿や渋谷みたいな繁華街には行きたがらないし、休日には家でぼうっとしていることが多いので、外へ誘い出すのはたいてい私のほうだ。男の人に仕切ってほしいと思わないこともないが、これればかりは性格の違いが役割の違いだろう。

「せっかくの休みだし、公園でも行こうか」

窓の外を見ながら私が言ったら、徹平は新聞の上から顔半分だけのぞかせて
「公園って、ひさしぶりに聞いたな。行ってどうするの」

「どうもしないけど、気分がのんびりするかと思って。簡単なお弁当でも作るから」

「珠実は時々、中学生の女の子みたいなことを言うな」

中学生の女の子はあなたみたいな出不精は選ばないと思うけどなあ、と心の中で

思いながら、私は台所の棚から食パンを取り出した。

耳を落としたパンの間にレタスやハムやゆで卵を挟んだサンドウィッチをアルミホイルで包み、冷蔵庫に残っていた鶏肉《とりにく》をさっと焼いたものや、プチトマトをタッパーに詰めて、キャンバス地のバッグに入れた。

それから寝室で着替えを探していると、後ろから徹平がやって来て
「遠足の朝みたい」

と言いながら着ていた寝間着のシャツを脱いだ。後ろを向いたときに、裸の背中に窓から差し込む日差しが淡く映った。

柔らかい皮膚の張りつめた肌の表面をそっと撫でると、彼が勢いよく振り返ったので、私は驚いてちょっと後ずさった。

「びっくりした」

と思わず呟くと
「びっくりしたのは、こっちだよ。どうしておまえが驚くの」

「だって、徹平がいきなり動くと、驚く」

そう言うと、ふっと妙な間があってから、徹平は軽く俯《うつむ》いて言った。

「ほら、小学生は遠足の準備でもしてなさい」

さっきよりも年齢が下がっている、と思いつつ私も着替えて、二人そろって厚着をして家を出た。

外は風も穏やかで、薄い雲が空のところどころにたなびいているものの、その隙《すき》間《ま》から白く乾いた日差しが差し込んでいる。雨は降らないだろう、と思った。

下りの電車に乗ると、徹平がどこへ行くのかと訊いた。切符を買うときには料金しか尋ねてこなかったので、つくづく無頓着《むとんちゃく》だなあ、と思いながら
「たしか、この電車をずっと乗っていったところに広い公園があったはず」

喋りながら窓の外を見た。住宅街をゆっくりと流れている時間を、電車の速度がぐんぐん追い越していく。実際の時間の流れと、体感時間の流れと、乗り物に運ばれていく時間の流れ、すべてがばらばらで、だから私は時々、意図的に徹平や自分の時間の速度を落とさなきゃいけないと感じる。日常の忙《せわ》しなさは無意識のうちに体内の速度も上げていくので、気が付かないうちに、疲れているのだ。

徹平にそう言うと
「だけど疲れない人間はいないんだし。忙しいうちは無理しても乗り切らないとい

けないし、それが社会人の務めじゃないの」

「そうだけど、そうやって長い時間をかけてため込んでる人が、病気になったりするんだよ。とくに徹平はそういうのを器用に処理できるほうじゃないし、時々ゆるめないとだめだよ」

彼は、ふうん、とまったく違う国の言葉を聞いているような目をしていたけれど、否定はしなかった。

「あ、そろそろだね」

私は近付いてきた駅を見ながら言った。

駅から公園まではだいぶ歩いた。広い車道を渡って公園に入ると、そこで空気が変わったように感じた。葉のない枝の影がまばらに落ちた公園内の歩道は光ばかりが踊るように映って、私たちはその光を踏みながら、しばらく公園の中を無言で進んだ。

そのうちに広い芝生に出た。そこは犬を遊ばせている人や、ボールを投げ合う家族連れでにぎわっていた。

小高い丘の上にシートを敷いて寝転がっているカップルがいて、女の子のほうは真っ白なギャザースカートに紺色のブルゾンを着て、明るい栗色《くりいろ》に染めた髪にモヘアの帽子をかぶっていた。足を包む編み上げのブーツがシートからはみ出している。男の人のほうもジャケットにちょっと変わった形の帽子を合わせていて、その帽子を顔の上に置いていたので表情は見えなかったけれど、服装の雰囲気から、ファッション系の専門学校生、という感じだった。

二人は時々、手を重ねたり、腕を絡《から》めたりしながら、気持ちよさそうにいつまでもじっと横たわっていた。

たとえば学生のときに私と徹平が出会っても、ああいう感じの恋人同士にはなれなかっただろう。徹平が安心して無防備な触れ方をするのは家の中だけだ。ちょっとだけうらやましいと思う気持ちを隠して、その二人からは距離を取ったところに私はシートを広げた。

お弁当を開くと、鶏肉に箸《はし》を付けた徹平が驚いたように

「ただ焼いただけかと思ったら、良い匂《にお》いがする」

「塩こしょうとニンニクで味付けしてみたんだ」

彼は口元から箸を離して、感心したように目を細めて頷《うなず》いた。そうするとやけに

思慮深い表情になる。徹平は特別に美形というわけではないけど、頭の良さそうな顔をしている。

「あとで、あっちの池のほうに行ってみようか」

サンドウィッチのハムか卵か指先で迷いながら、珍しく彼のほうから提案してきたので、私は頷いた。

池のそばにはボート乗り場があった。いやがる徹平の手をひき、お金を払ってボートを選んだ。

「それなら、アヒルのやつにしよう。腕が疲れるよりは足が疲れるほうがマシだから」

という彼の台詞《せりふ》を無視して手こぎボートを選び、両端に乗り込んだ。ボート乗り場のおじさんがロープをほどいて、軽く岸からボートを蹴《け》ると、左右に小さく揺れながら、広がっていく波紋と共にゆっくりと遠ざかり始めた。

「いいよ、俺が漕《こ》ぐよ」

私がオールを握ろうとしたら、彼が遮るように腕を伸ばしてきた。

「だって腕が疲れるって」

そう聞き返すと、徹平は苦笑して
「冗談だよ。だいたい、大人が二人してアヒルのボートをバタバタ漕いでたら、みっともないだろう。子供でもいるんだったら、ともかく」

そう言いながらオールを握った。深い意味はないとはいえ彼が子供という単語を出したことに動揺して、私はそれを悟られないように目を伏せた。

そういえば最近遅れ気味だな、ふいにそんなことを思い出しているうちに彼の肩が大きく動き、急にボートのスピードが上がった。私は膝《ひざ》を抱えて水面を見た。かすかに透けてみえる水の中で赤や白の鯉《こい》が泳いでいくのが見えた。映っては消え、映っては、また、消えていく。

「月日は百代《はくたい》の過客《かかく》にして、行き交う年もまた、旅人なり」

ふと思いついて口に出してみたら、徹平は、なにそれ、と聞き返すこともなく、歌うようにつらつらと
「舟の上に生涯を浮かべ、馬の口とらえて老いを迎うる者は、日々旅にして、旅をすみかとす。古人も」

そこですっぱり言葉を切ってしまったため、私はうっと言葉を詰まらせた。戸惑う私を見ながら、徹平はにやにやと黙ったままでいる。

「古人も」

と仕方なく呟いてみた。

「古人も？」

「古人も、旅でたくさん死にました」

「あほか、おまえは。なんでいきなり現代語訳なんだよ。しかもちょっと間違ってるし」

「だって、そこからはだいたいの訳しか覚えてないもん。学校でも冒頭しか暗記しなかったし」

「なんて言い訳がましいことを」

「百人一首なら得意なんだけど」

「それなら俺が、上の句を言うから、おまえは下の句ね」

「……うん」

文系の男に古典で勝負など挑むものではないと後悔しつつ、上の句を待った。

「それじゃあ、一つめ。あしびきの山鳥の尾のしだり尾の」

「ながながし夜をひとりかも寝む」

かささぎの渡せる橋におく霜の 白きを見れば夜ぞふけにける。これやこの行くも帰るもわかれては 知るも知らぬも逢坂《おうさか》の関。ちはやぶる神代もきかず竜田川からくれないに水くくるとは。

そんなかけ合いをしているうちに、ひとりかもねむ、とか、これやこの、からくれない、など、口に出してみると音の響きがおもしろくて、友達と競うようにしながら暗記した古典の授業をふいに思い出して懐《なつ》かしくなった。

そのとき徹平が
「花さそう嵐《あらし》の庭の雪ならで」

と言ったので、私はきょとんとした。

「どうした？」

「なにそれ」

すると彼はちょっと意外そうな表情で
「覚えてない？ 俺、この歌が一番好きなのにな」

そう言った後に暗唱してくれた。

「花さそう嵐の庭の雪ならで　ふりゆくものはわが身なりけり」

「どういう意味？」

意味は分からないのに、なぜかもの悲しい気分にさせる歌だと思った。

「庭の花吹雪じゃなくて、年をとっていくのは自分だっていう意味」

「ふうん」

やっぱりよく分からない。だけど降るようにして年をとっていく徹平を想像したら、思いの外しっくりきてしまった。

いつの間にかボートは広い池の真ん中まで来ていた。

徹平がオールから手を離して、ボートに寝転がった。ぎしっときしむような音をたてて一瞬だけボートが彼の頭のほうに傾いた。バランスを取るようにして、私も仰向《あおむ》けになった。

池をぐるりと取り囲んだ桜の樹木が、裸のまま、高いところまで枝を伸ばしている。脱力して深く息を吐きながら見る太陽は、雲に隠れて輪郭だけになっていた。

そこから降る光は白くて、かすかに暖かい。だけどすぐに冷たい風が熱をさらっていってしまう。

彼と一緒に暮らすのは、どこか、ゆっくりと時間をかけてお互いを掘り起こしていくような作業だ。黙ってそばにいる長さだけ、沈黙の中に過去が映る。そのせいか、以前は当たり前のように出来ていた、嫌なことや悪いことは考えずに毎日を生きるということが難しくなってきている。

たぶん疲れているのは自分だったんだ、ちょっと鼻をすすりながら私は思った。頭の中だけで色々と考えることに疲れてしまって、だから休みたかったんだ。

「風邪でもひいた？　そろそろ戻ろうか」

寝転がったまま徹平が言い、私は、ううん、と首を振った。

「大丈夫」

心配してくれる彼と私を蹴り続けた彼はひどく相反していて、だけど、どちらもたしかに徹平自身なのだ。

「訊《き》きたいことがあるの」

「なに？」

途端に構えたような切り返しに、見なくても彼の表情が強張《こわば》ったのが分かった。

「あのときのこと、私、考えたんだけど」

「もういいよ、そのことは。本当に俺が悪かったと思ってるから」

「そうじゃなくて、責めてるわけじゃなくて、あんなふうになるってことは理由があるはずだから、それが知りたくて」

「……理由なんてない。ただ、反射的にやり返さなきゃいけないって思ったんだ。だけどその後でこっちの顔色をうかがうような珠実の目を見たら、本当に反省したし、もうしないから」

そして彼は完全に沈黙した。仕方なく私も無言になり、胸の上に手を重ねて目を閉じた。また二人の空気がじょじょに沈み込んでいく。

それでもふたたび力を抜いて流されていくボートに身をまかせていると、不安も心配もすべて預けてしまったような気分になり、そうやってずいぶん長いこと、二人で揺られ続けていた。

翌週ぐらいから、体のだるい日が続いた。ずっと屋外にいて風邪をひいたかと思って体温計を腋《わき》に挟んでも微熱程度で、それ以外にはとくに咳《せき》も出ないので、週末になったら医者に行こうと思いながら仕事へ出かけていた。

ようやく土曜日の朝になって、朝食を食べていたとき、気持ちが悪くなって吐いてしまった。さすがに嫌な予感がした。私はどんなにひどい風邪をひいても、めったに吐かないタチなのだ。本当に風邪なのかという疑いが頭を掠《かす》めたが、ほかに思い当たる症状もない。

寝室に戻って、タンスの中から暖かいセーターを探していると
「医者に行ったほうが良いんじゃないの？」

朝食を中断した徹平がドアの隙間《すきま》から顔をのぞかせて言った。

「大丈夫。一週間ぐらい前からずっと熱っぽかったから、たぶん風邪だと思う」

「え？」

途端に動揺したような口調で彼が部屋に入ってきて、私の額に手のひらを当てると
「たしかに熱っぽいな。すぐに病院に行ったほうがいいよ。俺もついていこうか」

「大したことないから、大丈夫だって」

「風邪をこじらせれば肺炎で死ぬことだってあるんだぞ。いいから、保険証を持っ

て、支度して」

そう言う彼の口調があまりに切迫感を帯びていたので、その迫力に気圧《けお》されて

「分かった、分かったから。その代わり、病院は一人で行くから。だから徹平は家で待っていて」

「本当に、それで大丈夫なの」

何度も大丈夫だと言って彼を説得してから、洗い物だけ頼んで、私は白いファーの付いたダウンジャケットを着込んで家を出た。

近所の総合病院までは歩いて数分の距離だった。週末の待合室は混んでいて、やっぱり彼についてきてもらえば良かったな、と思いながら受け付けをすませて椅子《いす》に腰掛けた。

しかし、一時間近く待ってからようやく診察室に通された私は、一通りの問診を受けた後で、あなたは風邪ではないと言われた。

そして指示されるままに移動した診察室でようやく結果を告げられた私は青ざめた。

「もう少しで三ヵ月ですね」

「嘘《うそ》でしょう」

とっさに呟《つぶや》いた一言は、小声のつもりだったのに、先生の横に立っていた看護師の女性が一瞬だけ窺《うかが》うような目でこちらを見た。

それでもにわかには信じ切れずに
「間違いということはないんでしょうか」

そう問いただすと、目の前の初老の先生は慣れた口調で
「けっこう多いんですよ。あなたみたいに気をつけてたから心当たりがないって人はね。だけど、まあ、どんな方法も完璧《かんぺき》じゃないから」

どうするか決めたら早めにまた来てください、とやけにサバけた言い方で彼は締めくくった。

病院を出た私は、どこか休める場所を求めて、近くの公園に入った。ベンチに腰掛けて空を仰ぐと、みっしりと濃い雲が空を埋め尽くしていて、暖房で火照《ほて》っていた頬を急速に風が冷やす。足下の落ち葉をすくうようにして風は流れ、ふたたび高いところに舞い上がっていく。降るような枯れ葉を見上げながら、私は混乱と放心の真ん中から動き出せずにいた。

どうしよう、と思わず呟いていた。働き始めてまだ一年半だし、園児たちも可愛《かわい》いし、産むとなったら多少の休暇はもらえるかも知れないけど、その後で復帰して働きながら子育てなど、色々と大変なことを考え始めるとキリがない。なのに、私にはもう、自分の内側にあるものを守りたい、そう思う気持ちが芽生え始めている。だけど一つ、たしかなことがあった。徹平はきっと喜ばない。あのとき蹴《け》られていたのが背中じゃなかったら、きっと子供はとっくにダメになっていた。そう思うと初めてぞっとして、芽生えかけていた希望もあっという間にぺしゃんこに押しつぶされた。

気持ちがふたたび暗いところに流されそうになり、どうするか決めかねたまま、私はベンチから立ち上がった。

徹平は家で待っていた。

帰ってきた私を見ると、読みかけの雑誌を閉じて

「どうした、だいぶ顔色が悪いけど。病院で診てもらったんじゃないの」

「診てもらった」

「だったら、なんでそんなに暗い顔して。もしかして、すごい悪い病気だったの?」

「大丈夫。それよりも、ごはん、食べる?」

すると彼は眉《まゆ》を寄せてソファーから起き上がり
「さっき食べたばかりだろう。やっぱりおまえ、変だよ。なにがあったの?」

私は首を横に振り、寝室に行ってベッドに潜り込んだ。毛布が鼻先や頬に触れ、ふわっと暖かい毛が安心感を送り込む。頭の中が嫌な思考でぐちゃぐちゃしていて、ちっとも眠れる気がしなかったのに、体は睡眠を欲していたのか、すとんと意識が途切れた。

浅い眠りだった。やがて真っ暗な闇《やみ》の中に夢が訪れて、雨の滲《にじ》んだ窓ガラス越しのように、ぼんやりと掠れた像を映し始めた。

私はどこか見知らぬ部屋にいて、子供ができたことを目の前の男性に告げる。彼は徹平のようでもあるし、まったく別人だという気もする。背格好は似ているのに、肝心の顔つきや表情、それに話し方がまったく違う。

目の前の男性は子供ができたことを手放しで喜んで、いろんなところに電話をかけ始める。その後ろ姿を見て、ああ良かった、幸せで良かったと胸をなで下ろす。これでもう大丈夫だという安心感で泣きたくなる。

目覚めると、薄暗い部屋の中でガスストーブのランプが点灯していた。額に触れるとびっしょり寝汗をかいていて、壁の時計で時間を確かめようとしたが、両方の目には今みた夢の幸福感がまだしっかりと張り付いていて、上手《うま》く現実を捕らえられなかった。

それでもなんとか起き上がり、現実をたしかめるように寝室を出ると、徹平が台所に立っていた。まだ寝起きの視界はかすかに霞《かす》んで、その中でオレンジ色の台所の明かりが彼を照らしている。その暖かさだけで、もう私は、二人の間にはなんの問題もないと錯覚しかける。

「もう四時だから、今日は俺が夕飯の準備をしようかと思って」

その一言で、はっと我に返った。

先ほど見た夢の光景は、私が無意識のうちに渇望《かつぼう》しているものの正体だ。それはどんなに徹平が優しくしてくれていても、つきまとってくる。どちらかが変わらないかぎりは、たぶんこれから先もずっと。

私はじっと彼のほうを見つめたまま、口を開いた。

「徹平」

「なに、どうしたの？」

「もし、私に子供ができたって言ったら、どうする？」

彼はふいに表情の途切れた顔でこちらを見た。なにかを喋《しゃべ》り出そうとする気配はなく、私もそれ以上はなにも言わなかった。ただ二人で馬鹿《ばか》みたいに台所に立ちつくしていた。

先に動き出したのは、徹平のほうだった。

ゆっくりと摑《つか》んでいた鍋《なべ》をガス台の上に置くと、こちらに近付いてきたので、私はとっさに身構えた。冷たくされるのだろうか。もしかしたらまた殴られるのだろうか。そのときはすぐに逃げよう、もう私一人の体じゃないのだから。

即座にそんな考えが頭の中を巡った。

だけど、どれも違った。

「ごめん」

すれ違う間際《まぎわ》にそれだけ口にすると、彼は寝室に入って扉を閉めた。

私は扉に近寄って、ドアノブを回してみたが、鍵《かぎ》が掛かっていて開かなかった。彼の名前を何度か呼びながら扉をノックしてみたものの、まったく返事がかえってくる気配はなく、やがて叩《たた》き疲れた私は、ドアを離れた。

「どうして」

気が付いたら、考えるより先にそんな言葉が口をついて出ていた。

「あなたはそうやって、逃げてばかりで、なにも答えてくれない」

それでも返事はなかった。私はあきらめて、財布と簡単な身の回りのものをカバンに入れてから、玄関でブーツに足を押し込んだ。

ゆっくりと深いところに潜っていくように、地下鉄の階段を下りた。ホームの両側を交互に見ていたら、ちょうど上りの電車が轟音《ごうおん》と共に滑り込んできたので、そのまま電車に飛び乗った。

電車の中は適度に空《す》いていて、私は真っ暗な窓の外を見ながら、シートの真ん中に腰掛けて、カバンに入っていたウォークマンを取り出した。イヤホンを耳に押し込むと外部の音が遮断されて、こんなにそばに人がいるのに、かぎりなく一人みたいだった。

すぐそばの優先席には誰も座っていなくて、そういえば今の私は堂々と座れるんだと思うと、不思議な気分だった。

あまり知らない駅で私は電車を降りた。そして、地上へ出て、曇り空の下、オフィスビルの建ち並ぶ街中を歩き始めた。

信号で立ち止まると、ふと、横断歩道の向こうに美術館の文字が見えた。建物のガラスの向こうにはミュージアムショップに集まったお客のにぎわいが映っていて、私は道を渡ってから、建物の入り口を探して吸い込まれるように中に入った。

美術館の受付でお金を払い、きれいな受付嬢からパンフレットを受け取って、外国の人や、上品な感じの女性客に紛れてゆっくりと館内を歩き回った。暖かさと静けさと清潔さはどれも高ぶった心を少しだけ落ち着かせてくれたけど、それでも頭の中はあいかわらず靄《もや》がかかったみたいに重く、濡《ぬ》れた服を着込んでいるような疲れが全身に残っていた。

ふと、一枚の絵の前で足が止まった。

それはとても大きな絵だった。真っ青な夜の中で、白い結婚衣装を纏《まと》った花嫁が、新郎に寄り添っている絵だった。全体が透けるような青で、青い夜なんて、淋《さび》しいはずなのに、その絵は暖かい静かな幸福に満ちている。不思議なのは、新郎じゃなくて、花嫁のほうが新郎を抱くようにして寄り添っていることだった。どことなく母親と息子のようにも見えた。その優しい抱擁にひかれ、私は半ばトリップしたみたいに絵の世界に引き込まれたまま、ずいぶん長いこと立ちつくしていた。

私と徹平の間には、一見、目立った障害や困難はとくにない。だけどたとえどんな困難があっても、お互いがお互いの中に希望を見出《みいだ》すことができれば、どんな状況だって大抵はクリアできるものだ。だけど彼は、最初からそんなものはないのだと、たぶん心のどこかであきらめている。お互いに積み上げていく作業ではなく、私が一方的に掘り起こそうとしているだけだった。相手が変われば、相手の抱えた問題をクリアにすれば、おのずと二人の関係が良くなると信じ込んでいたのだ。

だけど本当は、自分はどうしたいのかすら分かっていなかった私に、そんなことができるわけがない。そこまで考えて、ますます途方に暮れてしまった。

重たい足取りで美術館を出ると雪が降り始めていた。周辺には巨大なオフィスビルが整然と建ち並び、きっちりと区画された無機質な眺めを、さらになにもない場所に変えるように雪が積もっていく。息を吸い込むと、空気にはなんの匂《にお》いも混ざっていなかった。私は、その中を、ゆっくりと歩き始めた。このまま通り魔にでも刺されたら、ずいぶん長いこと気付かれないだろうと思うくらいに人通りがなく、濃淡のない夜だけが落ちてくる。雪に反射する街灯は等間隔で、同じ風景だけがどこまでも続く錯覚を起こしそうになる。何度かコートのポケットから携帯電話を取り出して開いてみたが、徹平から連絡はなかった。

途中でようやく見つけた小さなイタリア料理の店に入り、コートを脱いで椅子に座ると、どっと疲れがつま先から流れ出してきた。ため息ばかりついているうちに、頼んだスープとパンが運ばれてきた。スプーンで口に運ぶと、湯気のたつスープの中にさらに熱いトマトが溶けていて、喉《のど》から空っぽだった胃までまっすぐに熱くなるのを感じた。

次にパンを食べようとしたけど、急に満腹になってしまったように胃の奥から気持ち悪さがこみ上げてきて、結局、スープだけを少しずつ飲み続けた。湯気が顔に当たるたび、泣き出しそうになった。悲しかったり感動したりするだけじゃなくて疲れがゆるんだときにも涙は出るらしい。こんな夜にも、帰ってこいと言えない人に、私はどうして一緒にいる必然性をあんなにも強く感じていたのだろう。きっと彼にとっても私にとっても、最初からそんなに大事な相手じゃなかったんだ。目が覚めたような気分で夕食を終え、お金を払って店を出た。

どれくらい歩いただろう。さすがに疲れきって、私は電車に乗った。このまま帰るのは、とても気が重かった。吉永さんに連絡してみようか。そんなふうに迷いながら、ひとまず家のある駅で降りた後、やっぱりまっすぐには帰れなくて、体の節々が痛む夜の中、また歩き始めた。帰り道も忘れるほど歩いた。今年初めての雪は、暗闇の中に、途切れることなく降り続いていた。

商店街の街灯が白い雪の一片一片を映し出し、飲み屋の店先の明かりとか、アパートの階段の陰でうずくまっている猫とか、だんだん白くなっていく地面に落ちた自分の影、そういうすべての景色が雪に埋もれて、時間が止まっていくように感じた。私は足が痺《しび》れるまで歩き続けた。次第に全身が冷えて感覚も失われ、私はそのとき、自分が終われる場所を探しているのだと気付いた。ずっと幼い頃から、私はきっと、眠るように終われる場所を探していた。

そのとき、ふいに頭をよぎったことがあった。

あれは小学校低学年のときだった。雪の降る朝、冬休み明けに学校へ行く途中、やらなければならない宿題が一つあったことを思い出して、厳しかった担任の先生に怒られるのがいやで、ランドセルを背負ったまま家に引き返したのだ。

そしてこっそり門を開けて家の裏庭に回った。そこには古くなった自転車や本をしまうための倉庫があって、そこに隠れてしまおうと考えた。

ぎっしりと物が詰まった倉庫の中は長い時間をかけてゆっくり蓄積された埃《ほこり》とカビの匂いがしたが、冬で空気が乾燥していたので、いやな臭《にお》いはほとんどしなかった。私はそっと扉を閉めて、わずかに下の隙間《すきま》から光が差し込むだけの暗闇の中に閉じこもった。

そして、倉庫というよりは業務用の冷蔵庫に入ったみたいに、鼻の頭がじんと痺れるような寒さの中、赤いランドセルを抱えてじっと蹲《うずくま》った。

三十分も経《た》った頃だろうか。ふいに庭に積もった雪を踏み鳴らす足音が近付いてきて、私は青ざめた。厚い扉越しにも、その力強い、一定の間隔を置いて鳴る音は、父の足音だと分かった。寒さと緊張で下唇や両手が震え、私は抱えていたランドセルを足下に置いた。

扉が開いたとき、しゃがみ込んだ位置から見上げた、高い高い父の頭上には、曇り空から散るような雪の切片が舞っていた。

父は左手に、私の濡れた傘を持っていた。我が家では、濡れた傘は家の中に入れないで、玄関のドアの外に立てかけておく決まりがあって、守らないと父にいつも後から打たれたので、ついつい反射的にいつもの場所に置いてしまったのだ。そして降り積もった雪のため、その日の父の出勤時間は、私の登校時間よりも遅かったらしい。私は恐怖で習慣をすり込まれた自分を呪《のろ》った。

父は無言だった。無言で、こちらを見据えたまま、大きな音をたてて倉庫の扉を開け放った。

その瞬間、私は弾《はじ》かれたように父の腋《わき》の下をくぐり抜けて走り出した。庭についた父の足跡を私の小さな靴が踏み荒らし、足を取られそうになりながらも、白い雪の路上にむかって飛び出した。それは天敵に見つかって巣穴から逃げ出す野ウサギさながらの素早さだった。私は無我夢中で走った。息が切れ、脇腹《わきばら》がすぐに痛くなってきて、振り返ると、父が追いかけてくるのが見えて、さらに真っ青になって走った。捕まったら殺される、比喩《ひゆ》でも大げさでもなく、脳裏で考えるより先に、全身がそれを感じ取っていた。

だけど大の男に足の速さで敵《かな》うわけがなく、私は大きな神社の鳥居の前で、父の手に捕まった。

手首を父に摑まれた瞬間、びっくりするほどの熱がそのわずかな手のひらに集まっているのを感じて、はっとした。振り返ると、父は短い白髪混じりの前髪の下に大粒の汗をかいて、私以上に、息を切らせていた。激しく上下する肩にはかすかに雪が積もっていた。

そして、父は一度だけ、私の頬を平手で強く打った。

ひとけのない朝の路上で、その音は透明な鋭さを持って響き、私はぼうっと頬が熱いのは、打たれたせいなのか走ったせいなのか寒いせいなのか、それすら判別が付かぬまま、父の瘦《や》せた顎《あご》を伝っていく、溶けた雪まじりの汗を見ていた。

その夜、事情を聞いた母に叱《しか》られている間も、私は、懸命に自分を追ってきた父の発熱を思い出し、もしかしたらほんの少しでもお父さんは私のことが好きなのかも知れない、とすら思った。

打たれたのに暖かいと感じた指先、たぶん最初で最後だった私のための父の疾走、いろんなことを思い浮かべながら宙に深い息を吐く。あのときの体温を思い出す。

「珠実に会ってから子供の頃のことをよく思い出すようになった」

いつだったか徹平と夜中に二人でミルクの濃いコーヒーを飲みながら『カラスの飼育』という映画を見ていたとき、言われたことがあった。

「私がよく子供の頃の話をするからかな」

「それもあるけど、フタをしてたんだろうな。それをおまえが開けるようなことばかり訊《き》くからだろうね。たとえば会社でもよく忙しいときに、子供時代に戻りたいって人がいるけど、俺はそんなの考えられないよ。自由はなくて、いつも親の顔色をうかがってビクビクして。もちろんすべての子供がそういうふうに無抵抗なわけじゃなくて、その条件の中でも闘う子はいるだろう。だけど俺はできなかった。その恐怖をね、珠実を見てると、時々、思い出すんだ。あまりにまっすぐにおまえが俺を見て、語りかけるから。今からでも取り戻さないといけない気になるんだ」

父に対する想《おも》いは、いつしか、徹平への気持ちにすり替わっていた。それは真っ白な雪の道に落ちて、色が染《し》みるようにどこまでも広がっていった。

私はUターンして、来た道を戻り始めた。

インターホンを押しても反応はなかった。

カバンからキーケースを取り出し、家の扉を開けた私は、息が止まりそうになった。薄暗い部屋の向こうに、死骸《しがい》みたいに割れたコップや壊れた家電や破れた本が散らばっていた。その量は途方もなくて、一瞬、住み慣れたはずの自分の家が震災後か廃墟《はいきょ》みたいに感じた。そのまま血だらけの死体が転がっていてもおかしくはない雰囲気だった。

やっぱり逃げてしまおうか、心の隅でまた迷い始めた。なにかが変わると思ったのは私の気の迷いじゃないのか。この先に希望なんてまったくないのではないか。そう感じ、またすぐに家を出て行きたい衝動に駆られた。終わりにするならこれが最後のチャンスだと思った。

だけど、出て行かなかった。

逃げることよりも、彼が倒れていないかどうかのほうが、気にかかったから。

私はそっと部屋の中に足を踏み入れた。ガラスが細かく砕けていて、光が乱反射していた。靴下を穿《は》いていても刺さったらけっこうな傷になると思い、できるだけ物の落ちていない部分を選んで、ソファーまでたどり着いた。

徹平はこちらに背を向ける格好でソファーに横たわっていた。肩がかすかに上下していなければ死んでいるのかと錯覚してしまうぐらい、じっと身動き一つしなかった。

彼の肩にそっと手を触れると、一瞬だけ強張《こわば》ったように震えてから、すっと振り払うように肩を動かした。

仕方なく、私は訊いた。

「怪我《けが》してない？」

ゆっくりと振り返った彼は、驚いたような顔をしていた。

「怪我したり、破片がどこかに刺さったりしてない？ 危ないことはしなかった？」

「どうして帰ってきたの」

「死んでないかと思って」

「死んでたほうが良かったな、俺。そうしないと、いつか、おまえのことを殺してしまいそうだ」

そうかも知れない、と荒《すさ》んだ部屋の中をあらためて見回して、思った。

「私、言ってないことがあったの。熊《くま》のことで」

まだうつろな目をしたまま、なにそれ、と発したそばから闇《やみ》に溶けていくような声で彼は聞き返した。

「私が子供の頃に眠るのが嫌だったのは、父親が、大きな熊のことを言うたびに、早くその熊が来てくれるように願ってたからなの」

「……どうして？」

「目の前にいる父ごと食い殺してほしかったから。だから毎晩、寝ないで願ってた。どうかお願いです、この家に来てください。私も一緒に食べられてもかまいません。死んだってかまいません。だからお願いです、お父さんを殺してください。そんなふうに毎晩、毎晩、くり返し願った。そんなことを思う自分は父に嫌われて当然だし怖いことをされても仕方ないと思った」

「分かった、分かったから」

彼は初めて心の底から苦しそうな声を出して、遮った。

だけど私は続けた。

「死にたいと思ったことは一度もなかった。だけど、死んだってかまわないとは思ってた。分かってたんだ。私が徹平のそばにいたのは、あなたが心の中に、父と同じような暗闇を持っていたから」

父を許せない。父を許したい。だからこそ徹平を理解したかった。同じ穴蔵の中で、今度こそ向き合って訊きたかった。どうしてそんなに真っ暗な目をしているの。私にひどいことをしたの。本当は大事にしたかったんじゃないの。

「熊の正体って、本当はなんだったんだろうな」

徹平が、白い顔でふと呟いた。

私は、徹平、と呼びかけた。

「弟さんは、どうなったの」

「死んだんだ。まだ小学生の頃に肺炎をこじらせて」

彼は小さな声で言った。

「どうして、ずっと秘密にしてたの？」

「障害があった」

「え？」

驚いた私が聞き返すと、彼はまた口を開いた。

「三歳過ぎても言葉が喋《しゃべ》れなくて、一日ぼうっと父親のオーディオセットによりかかって音楽を聴いてるだけで、あとは泣いて暴れるばかりだった。最初のうちは家族みんなで優しくしてたけど、ちっとも通じるようにならなくて、そのうちに全員が疲れてきて、最初に力でおさえつけるようになったのは父親だった。俺はよく手伝わされた。床にじっと両手足を押しつけてると、しばらく暴れるけど、そのうちにぐったり疲れたように力を無くして、だらんとするようになった。母親だけが抵抗して、何度も弟を連れて家を出たけど、行くところも金もなくて、すぐに戻ってきた。肺炎で死んだのは偶然だったけど、葬式の間中ずっと、自分が殺したみたいな気がしてた。今もしてる。今日ずっと、そういうこととか珠実のこととか混同して考えてたら頭がおかしくなりそうで、目に触れるものをひたすら壊してるうちに、気付いた。子供が暴れるのは、泣くのは、自分の気持ちが通じなくて、だけど伝えたいと思うからなんだな。たとえ感情が爆発してるだけに過ぎないとしても、伝えたくて、でも上手《うま》くできなくて」

そこで彼の言葉は途切れ、私はふっと窓の外を見た。もう雪は降ってはいなかった。ただ、どこまでも遠浅の海辺のように、同じ白さだけが町のずっと遠くのほうまで続いていた。

台所からゴミ袋とゴム手袋を持ってきて、二人で散らかった物を片付けた。こんなふうに並んで黙々と後始末をするのはなんだかとても滑稽《こっけい》で、背中を丸めてじっと目を細め、ゴミ袋をのぞき込んでいる彼を、怖いとは感じなかった。

まだガラスの破片があちらこちらで光っていたものの、ある程度、片づけが終わると、熱いお風呂《ふろ》を沸かして、交代でゆっくりと浸《つ》かった。暖房をがんがんにきかせて、一足先にソファーでビールを飲んでいると、Tシャツに黒いズボンで出てきた徹平の顔は、だいぶマシな表情に戻っていた。ちゃんと目に生気がある。

「俺、子供、好きなんだ」

ふいに彼がそんなことを言った。

「町中で見かけると、自然に、可愛《かわい》いと思うから。弟が生まれたばかりの頃のことも、思い出すんだ。だけど次の瞬間に、そんな自分がすごくうさん臭くて、あのときちゃんとできなかったくせに、今さら偽善みたいにそんなふうに感じる自分が嫌で、どの気持ちが嘘《うそ》なのか本当なのか分からなくなって、混乱する」

うん、と私は頷《うなず》いた。

「珠実のこともそうなんだ。俺、今まで付き合った相手にあんなこと、したことなかったんだ。おまえと一緒にいると、時々、ものすごく嫌な気分になるんだよ。自分の卑怯《ひきょう》な部分や、悪いところばかり思い出して、そんなところを知られたら終わりだとか、罪悪感がふくれ上がって、すごくみじめな気分になる。そばにいればいるほど、自分のしたことが重くなって、そんなふうに感じさせるおまえを、好きなのか嫌いなのか分からなくなる。だけど、楽しかったんだ。初めて会ったときから今まで。二人で飯食ったり、食事したり、一緒に出かけたり。そういうのが全部、新鮮で、楽しかった。だけど、ちゃんと考えなきゃいけないとも思うんだ。いきなり出来るようにはならないけど、それでも」

その言葉を聞いて、さっきこの家の扉を開いてから初めて、帰ってきて良かった、と思った。

それでも彼がとなりに無言で大きな音をたてて座ったとき、私は思わず反射的に肩をびくつかせてしまった。

すると徹平はテーブルのビールに伸ばしかけた手を止めて、こちらを見た。

「俺、二度と殴ったりしないから。本当に、もうしないから。約束する」

こういう台詞《せりふ》を信じようとする私を、たぶん、ほとんどの人は馬鹿《ばか》だと思うだろう。騙《だま》されてるんだ、そんな男はこれからもずっと同じことを繰り返すと忠告されるだろう。

だけど先のことは分からなくて、今は言葉で、約束するしかなかった。少しでも相手に変わる意志があって、それに付き合う体力と気持ちが私にあるかぎり、付き合い続けたかった。

ほどよく酔って、だいぶ体の力も抜けた頃、私たちはベッドに潜り込んだ。

「おやすみ」

私が言うと、彼は無言で掛け布団《ぶとん》を私の肩まで引っ張り上げた。

「冷やすと、いけないと思って」

その一言で、私はようやく彼の腕に触れることができた。

徹平は先に目を閉じて

「おやすみ。熊が来る前に」

いや、と私は首を横に振った。

「熊はもう来ないよ」

明日を飲み込んでくれる熊などいないことも、手軽な希望などないことも、知っていた。それでもここからまた一つずつ積み上げていくしかない。

私は枕元《まくらもと》のライトに手を伸ばした。

すべての明かりが消えてしまうと、二つの鼓動と体温だけが闇に溶けずに、わずかに残った。

クロコダイルの午睡

そもそも彼は最初、招かれざる客だった。彼が来ることは到着の五分前まで、私には知らされていなかった。

部屋中の掃除を終えて、仕上げにテーブルを拭《ふ》いていたとき、電話は鳴った。

「どういうこと？」

軽く荒立った私の言葉を受け流すように、電話のむこうで男友達は愛想笑いをしながら答えた。

「だからさ、急に行きたいって言い出したんだって。いいじゃん、四人もいるんだから。霧島《きりしま》さんはほかのやつらと喋《しゃべ》っていれば」

彼が逃げるように電話を切ってしまうと、私は憮然《ぶぜん》としてガス台の上に用意した土《ど》鍋《なべ》を見つめた。

今日のお昼に大学の男友達とご飯を食べながら、後期試験の打ち上げをしようという話になった。私のアパートで鍋をしながら夜通し飲む、というのはいかにも楽しそうな提案だったけれど、予想外だったのは、彼らが都築新《つづきあらた》を誘ってしまったことだった。私は、以前から彼が苦手だった。

皆がアパートに到着すると、スニーカーではなく上品な黒い革靴を履いた都築新は、どことなく落ち着かない様子で部屋の中を見回していた。

私はその視線に気づかないふりをして、男友達の一人から缶ビールの袋を受け取った。

「本当に調理はぜんぶ任せてもいいの?」

銀縁の眼鏡をかけた櫻井《さくらい》君というクラスメイトが、黒いピーコートを脱ぎながら尋ねた。彼は今日の来客の中で唯一《ゆいいつ》、礼儀正しいという表現が当てはまる人だ。

「大丈夫。みんな、座ってテレビでも見てて」

私の言葉が母親の台詞《せりふ》みたいに響いたのか、彼らは、はあい、と素直な返事をして、ぞろぞろと奥の部屋に入っていった。今日の来客は全員が男性だが、同じ大学の電子工学科に所属し、クラスで女子が二人しかいない状況では性別など無いに等しい。

都築新だけがトイレを貸してほしいと言ったので、私は包丁を右手に握ったまま、トイレの場所を教えた。素っ気ない蛍光灯の明かりの下で、手元の白菜はいっそう芯《しん》の部分が白く見える。

背後で水の流れる音がしたかと思うと、勢いよくドアが開いた。

驚いて振り返ると、そこには都築新が真顔で立っていた。

「どうしたの？」

「ここのユニットバスってさ、狭くない？」

大まじめな表情で質問してきた彼に、私は眉《まゆ》をひそめた。

「そりゃあ、べつに広くはないけど」

「女の子なのに風呂《ふろ》が狭いって、不便じゃないの」

「不便だけど、どうしてもゆったりしたいときには近所の銭湯に行くし」

「なんでこんなに不便なところを借りてんの？」

私はあっけにとられて、都築新を見上げた。

だけど彼は逆に問いかけるように私の目を見つめ返してきた。

「そんなにお金、ないもの」

「だけどさ、そういうのって数千円とか、せいぜい一万円ぐらいの差だろ。もうちょっと良いところは借りられるんじゃないの」

私がうんざりしかけたとき、櫻井君がセーターの袖《そで》を捲《まく》りながらやって来て
「やっぱり僕、手伝うよ。霧島さん一人じゃあ、大変だから」

その様子を見た都築新は、部屋へ戻ろうとした。

が、ふたたびなにかを思い出したようにこちらを振り返って、言った。

「今日の食材ってさ、蕎麦《そば》関係、ないよね？」

「それはないけど。都築君ってもしかして、好き嫌いが激しい人？」

先ほどのことがあったので、私はすっかり不機嫌な声で訊《き》き返した。

「違う。俺、ひどい蕎麦アレルギーなんだ。食べると本当に死ぬから、先に言っておこうと思って」

ふうん、と私は呟《つぶや》いた。

「大丈夫。蕎麦も、そば粉を使ってる食材もないよ」

分かりました、と言って彼は部屋へ戻っていった。

出来上がった寄せ鍋をテーブルに運ぶと、天井まで湯気が立ち上り、男の子たちが、おお、と声をあげた。

空腹の大学生ばかりで囲んだちゃんこ鍋はあっという間に空になってしまい、最後の雑炊までたどり着く頃には、壁に立てかけた鏡が真っ白に曇っていた。

その後はだらだらと飲みながら他愛《たわい》のない話をする時間になり、私はできるだけ都築新と目を合わせないようにして、となりに座っている櫻井君の小さな肩や、おとなしい少女のような横顔を見ていた。彼の白い頬や細い鼻梁《びりょう》は、痩《や》せて骨ばかりの体に浅黒い肌の私よりも、ずっと女性的な印象を与える。

「櫻井君って兄妹はいるの?」

私が尋ねると、彼は不思議そうにまばたきして、言った。

「妹が一人いるけど。どうして」

「なんとなく。櫻井君の妹なら、可愛《かわい》いだろうね」

「どうかな。俺よりも全然活発で、中学生のときからバレーボール部で毎日練習してるから、筋肉が付きすぎて競輪選手みたいな脚をしてる」

私が笑うと、彼も笑いながら、新しく栓の開いた日本酒をグラスに注いだ。さっきまで、ビールの入っていたグラスだ。

そのグラスを口にした私は、ふっと黙り込んだ。

「どうしたの？」

櫻井君が怪訝《けげん》な顔で尋ねた後、確認するように自分のグラスを手に取って口を付けた。

「べつに変わったところはないみたいだけど」

「これ、持ってきたのって誰？」

私は尋ねた。

「俺だけど」

都築新がはっきりとした声でそう言って、私は彼のほうを見た。

「これって高いんじゃないの」

「高いとは思うよ。実家に置いてあったのを勝手に持ってきたから、確認はしてないけど」

途端に皆が貴重なものを拝むような顔つきで、へえ、と口々に呟きながら手元のグラスを見た。

私はテーブルの下をのぞき込み、ほかの安い焼酎《しょうちゅう》やビールの空き缶と一緒になって並んでいた日本酒の瓶を確認してから

「グラス、洗ったのに」

思わず小声で呟くと、皆が一斉に貧乏性だと笑う中、都築新だけがじっとこちらを見ていた。

翌日、テーブルのまわりで雑魚寝《ざこね》していた男の子たちは、カーテンの隙間《すきま》から差し込んだ朝日で、一人、また一人と寝ぼけた顔で起きあがった。洗面所で寝癖のついた髪を直した後、おのおのが今日の予定を呟きながら帰っていった。

最後に残ったのは都築新と櫻井君だった。もっとも櫻井君は、誰よりも先に起きて寝癖を直したり顔を洗った後、台所やゴミの片付けを手伝ってくれた。

そんな彼もバイトへ行くと言って、お昼前には帰り支度を始めた。私は横目で、まだ一人、絨毯《じゅうたん》の上に伸びて寝息をたてている都築新を見た。

それに気付いた櫻井君が、笑いながら言った。

「大丈夫だよ。都築は悪いやつじゃないから」

私はその意見には軽く眉をひそめてから、訊いた。

「都築君にはなんの予定もないのかな。そろそろ起こしたほうがいいと思う？」

あれば自分で起きるんじゃないかなあ、と櫻井君は答えながら玄関でスニーカーの紐《ひも》を結んだ。

それからふと思い出したように言った。

「そういえば昨日聞いて俺もびっくりしたんだけど、あいつ、今までバイトしたことないんだって」

「一度も？」

私は驚いて聞き返した。櫻井君は、うん、と相槌《あいづち》を打った。

「一度も。まあ、する必要もないだろうし、そもそもバイトはしたほうが良いっていう発想がないみたいだから」

「そんな人間が本当にいるのかな」

「いるんだよ、そこに」

彼はそう言ってから、まだ奥の部屋で眠っている都築新を見て、また笑った。

一人で昼食の準備をしていると、ようやく都築新が目を覚ましてきた。昨夜と同じようにトイレに入った後、しばらくしてから、寝起きのぼうっとした顔に水滴を付けたまま出てきて

「ごめん、タオル貸して。ちょっと水が飛び散った」

私は無言で顔を拭くためのタオルと雑巾《ぞうきん》を一緒に渡した。彼はのっそりとした後ろ姿で戻っていった。

「今、ごはんを作ってるんだけど、良かったら都築君も食べる?」

食う、という即答がドア越しに聞こえてきたので、私は鰹《かつお》と煮干しを放り込む直前だった鍋に水を注ぎ足した。

テーブルに食事を運ぶと、都築新は少し腫《は》れぼったいまぶたをこすりながら呟いた。

「みんな、もう帰ったんだな。全然気付かなかった」

「全員バイトだって。ほら、平日は授業がぎっしりで、課題やレポートも多いし、あんまり時間もないから」

「ふうん。休日だっていうのに大変だね。霧島さんは、今日は予定はないの?」

「私は平日と、あと土曜日は朝から夕方までテレアポのバイトがあるけど、日曜日はない」

「アポ？　ああ、あの、いっぱい電話かけるやつね」

頷《うなず》きながら彼は親子丼《どん》の器を手に取った。そして卵やごはんを口にかき込むと、すぐに

「ああ、美味《うま》いわ。うちの親の飯よりも美味い」

と呟いたので、私は一応、お礼を言った。

「都築君、昨日はなんだか居心地が悪そうだったけど、今は普通だね」

そう指摘したら、彼は箸《はし》を動かしながら

「うん、まあ」

と曖昧《あいまい》に頷いた。

「思ってたよりも私の部屋が古くてぼろかったからじゃないの」

それもある、と真顔で彼が返したので、私はあきれた。

「なんかさ、女の子に対する幻想って、あるじゃん」

知らないよ、と私は一蹴《いっしゅう》した。それから、もう一度、知らないよ、とはっきりと

した口調で告げた。

二回言わなくても分かったよ、と彼は言って頭を掻《か》いた。

「あなたはきれいで清潔で完成された空間に慣れているから、それよりも不備が多いものを見ると生活水準の低さに違和感を覚えるんだろうけど、そういうのってよけいなお世話だよ」

以前、都築新が、横浜に実家があるのに親が大学の近くに借りてくれた1LDKのマンションで一人暮らしをしているという話を聞いたときから、彼に対する不快感が生まれたのだ。いっそのこと、もっと非常識な金持ちだったら笑うこともできたが、彼の場合はもう少し生なましいレベルだったので、その金銭感覚のずれはよけいにカンにさわった。

「だけど俺、べつに嫌な気持ちになったわけじゃないよ。ただ、びっくりしただけだよ」

だからその純粋に驚くという感情がもっとも失礼なのだと言ってやりたかったが、これ以上、彼と議論を続けても不毛だと感じてあきらめた。

「それにしても美味い。この親子丼、タマネギが甘いね」

「ネットで取り寄せてる、産地直送のやつだから」

「鶏肉《とりにく》もちゃんと良いやつだよね。昨日のちゃんこ鍋もさ、野菜とか、そのへんのスーパーで売ってる死にかけの野菜じゃなかったし。霧島さん、もしかして食い物に金かけてない？」

私は箸を動かす手を休めて、かけてる、と答えた。

「やっぱり。だから部屋もぼろいし、いつもそんなに適当な格好してるんだ」

「適当って、べつに普通の格好でしょう」

「今時、若い女の子で、黒いタートルネックのセーターばかり着てる子なんて、あんまりいないよ。髪だって」

「都築君、それを食べたら帰って。私は色々とやることがあるから」

「もしかして怒った？」

「付き合ってるわけでもない男の人に、外見のことをとやかく言われる筋合いはない」

それもそうか、と彼は素直に非を認めて、みそ汁をすすった。

私はあらためて彼の服装を見た。一見ごく普通のストライプのシャツに黒いカーディガンを羽織り、グレーのパンツを穿《は》いただけの格好だが、よく見ると、シャツに付いたボタンの形が一つ一つ違うことや、脇腹《わきばら》のすっきりとしたラインや袖《そで》の長さなど、細かいところにこだわりのあるデザインだ。それに黒いカーディガンは、彼が眠っている間ずっと床に放り投げられていたので、隅に寄せようと思って掴《つか》み上げたら、自分のセーターが悲しくなるぐらいに肌触りが良かった。

「俺、食事なんて家よりも外食のほうが美味いと思ってたけど、霧島さんの飯は美味いわ。また食いに来てもいい？」

「いいわけないでしょう」

私が憮然《ぶぜん》として答えると
「代わりに、良い肉とか魚とか酒とか持ってくるよ。実家に頼めばすぐに送ってくれるから」

そう言われ、拒絶する心が一瞬、揺れた。

「いいよね？　それなら」

すぐに頷くのも悔しいので、私は逆に尋ねた。

「だけどそんなに良い素材が家にごろごろしているのに、食事が美味《おい》しくないの？」

私の質問に、彼は苦笑して
「なんかね、食べるっていうことに興味がない人なんだよね、うちの母親は。子供の頃によく飯に文句つけたら、素人《しろうと》なんだから当たり前だってキレられた。そんなに美味いものが食いたいなら外食しろって」

「なるほど。それにしても、もったいない。昨日だってあんなに良い日本酒をビールの残ったグラスで飲んじゃったし」

「ああ、あれね。ちょうど家に開けてない酒が、アレと洋酒しかなかったんだよ。青森のめったに手に入らない酒だったって、さっき親父《おやじ》から怒り狂った声で携帯に留守録が入ってた」

「それ以上言わないで……こっそり隠しておけば良かったと思うから」

その言葉に、都築新は大きな笑い声をあげた。

「霧島さんって、そういう性格、やっぱり母親に似たの？　もったいない、が口癖の人っぽいよな」

「母親っていうよりは、祖母に似たのかも。数年前に亡《な》くなるまでは、実家の離れに住んでたから。食事も祖母が作ってくれてて、祖母は食べるのがすごく好きな人だったから」

なるほどね、と彼は納得したように頷いた。

都築新は食事を終えると、私が後片づけをしている間にまた絨毯の上に寝転がり、大きなベランダの窓から差し込む陽だまりの中で眠ってしまった。

部屋に戻った私は、巨大な猫のように伸びきった格好で眠る都築新を前に、しばし途方に暮れた。彼の寝息はとても静かで、一定のテンポを保っていた。しばらく起きる気配はなさそうだった。

その寝顔を見ていたら、昔、幼なじみの男の子が家に遊びに来た午後のことを唐突に思い出した。

内向的で生真面目《きまじめ》な子供だった私は、小学校のクラスに女友達がほとんどいなかった。けれど、その男の子だけは赤ん坊の頃から家が近かったよしみでたまに遊んでいたのだ。

夏休みに、誰もいない家で本を読んでいたら、突然その子の声が塀の向こうから聞こえてきた。

ドアを開けると、半ズボンにTシャツ姿の彼が立っていた。海からの帰りだったのか、透明なバッグを片手に掴んだ彼の湿った髪は強い日差しの下で真っ黒に輝いていた。私のひょろっとした腕とは、まったく違う、日焼けした力強い四肢を遠いもののように見ていた。

「喉《のど》かわいた。ジュースちょうだい」

今から考えれば、彼は単純に遠慮のない、ずうずうしい子だったのだろう。だけど両親が喧嘩《けんか》ばかりするせいで夜中に苦情がきたり、その環境の中で染《し》みついた暗い私の雰囲気も他の子供から遠ざけられる理由の一つだったから、そんなふうに親しい口をきいてくれる彼を大事な友達だと思っていた。

私は彼を家に上げると、流しの下からカルピスを取り出して、水と氷で薄めた。そして二つのグラスを持って、もう縁側であぐらをかいていた彼のほうへ持って行った。

「ありがとう！　あれ、なんか薄いよ。これ」

そう言いながら彼は二口ぐらいでカルピスを飲み干してしまうと、縁側に音をたて倒れ込んだ。

「泳いだ後って、眠いよねえ」

そう呟《つぶや》いた口元がゆっくり閉じると、もう鼻からまぬけな寝息を漏らしていた。

仕方なく私はそのとなりに正座して、学校の課題図書の本を読んでいた。ページの捲《めく》れる音が、やけに大きく響いている気がした。近付いてはまた遠ざかっていくような蟬《せみ》の声。雑草が揺れるたび、光が一方からもう一方へ水のように流れていく庭。外が明るすぎて逆に手元は薄暗かった。

あのとき物音をたてないように気をつけたのは、起きたらあの子が帰ってしまうと思ったからだ。そうっと、そうっと本を捲った。たとえ言葉を交わさなくても、悪意のない誰かがそばにいてくれることが、とても嬉《うれ》しかったのだ。

それから都築新は本当に夕飯を食べに来るようになった。

それどころか食後に寝転がってテレビを見たりして終電ぎりぎりまで居座るので、すっかり困惑した私は彼に尋ねた。

「都築君はどうして、しょっちゅう、うちに来るの」

私が食後の緑茶を出しながら言うと、彼はお茶をすすりながら
「だって一人で家にいても暇なんだもん」

と悪びれもせずに答えたので、私はあきれた。

「ほかの男友達と遊べばいいでしょう」

「やだよ。居酒屋のまずい飯とか、薄いサワーとか飲みたくないじゃん」

「それならほかの女の子と遊べば？　そういえば、彼女がいるとか、聞いたことなかったけど」

その言葉に、彼はあぐらをかいていた足をさらに崩して絨毯《じゅうたん》の上に投げ出しながら、喋《しゃべ》り始めた。

「それがさあ、付き合って一ヵ月くらいになるんだけど、おととい二人で飯を食いに行ったんだ。そうしたらひさしぶりに行った店の味がすっかり変わって、まずくなってたんだよ。それで俺、悪いことしたなあ、て思ってたら、彼女、にこにこしながら『やっぱり有名な店って違うね。すごく美味しい』て言うんだよ。俺、なにを言えばいいのか分からなくなって、思わず黙っちゃったよ」

本当に恋人がいるなんて初耳だった。一ヵ月ということは、鍋《なべ》をする少し前くら

いの時期か。

「それって、都築君に気を遣ってたんじゃないの？」

私はお茶請けの羊羹《ようかん》に爪楊枝《つまようじ》を刺しながら言った。

「いや、あれは本気で言ってる顔だった。まあ、可愛《かわい》いし良い子なんだけどさ。なんに対しても無頓着《むとんちゃく》で悪意がないっていうか」

そんなものか、と思いながら相槌《あいづち》を打っていたとき、突然、彼から
「霧島さんは？」

と切り返され、私は頬に羊羹を入れたまま、ぽかんとしてしまった。

「霧島さん。今の顔を男に見せるのはいかがなものかと思うよ」

皮肉を通り越して心配するような言い方だった。さすがに恥ずかしくなって、私は顔をそむけて、言った。

「恋人なんていたら、都築君を相手に暇つぶしにご飯を作ったりしない」

「ああ、やっぱり俺、暇つぶしなんだ」

気恥ずかしさをごまかすための一言だったのに、彼が納得してしまったために否定できなくなってしまった。

会話が途切れると、都築君はそばにあったクッションを引き寄せて、寝転がった。男の人の大きな体が横たわると、それだけで私は身動きが取れないほどの存在感がある。

仕方なく、さほど飲みたいわけではないお茶の二杯目を注いだ。

「都築君って猫みたいね。よく言われない？」

「そう？　友達から犬っぽいって言われるけど。だけど彼女はライオンだって言ってたな。みんな、自分のイメージで好きなことを言うから」

「自分ではどれが合ってると思うの？」

「うーん。どれもピンと来ないな。もしもワニに似てるって言われたら、それを言った人に惚《ほ》れるけどね」

「なんでワニ？」

私が露骨に分からないという顔で聞き返すと、彼は頭を掻《か》きながら

「好きなんだよね、ワニ。あいつらってさあ、食べ物獲《と》るときに、考えないんだよ。視界に入ったら、その瞬間、もう反射で動いてるんだって。すごいよなあ」

「それはすごいと思うけど、都築君には、そういう俊敏で荒々しいイメージってな

いよね」

「うーん。だから、ああいう亜熱帯とかにいるやつじゃなくて、そうだ、伊豆にワニ園ってあるのを知ってる？」

「うん。名前だけは。わりと有名なところでしょう」

「昔、家族で温泉に行った帰りに、そのワニ園に寄ったんだよ。海が見える高台にあって、柵《さく》に囲まれた水の中で、日がな一日、だらーって大量のワニが寝てて。うちの両親はがっかりしてすぐに帰りたがったけど、俺は妙にそのワニがうらやましくてさ。なんか時間が止まってるみたいだったんだ。海から潮風が吹くと草とか木が揺れて、遠くまで見える空が青くて。食事時だけワニの黒い小さな目がわっと開く姿もおかしくて、俺、次はこのワニに生まれて死にたいと思ったんだよ。なんの役にも立たず、なにも傷つけず、必要最小限の欲望だけで生きてる。そういうのって素敵だろ」

そんなことを話す都築新の表情は穏やかで、私はまた、あの静かな午後のひとときを思い出す。その男の子とは結局、彼が小学校高学年のときに引っ越したために疎遠《そえん》になってしまった。

私が黙っていると、都築新は退屈したのか、上半身を起こしてテレビのスイッチに手を伸ばした。後ろから見えた首筋が意外にきれいで、また手入れの良さを感じた。

「霧島さん、こういう髪型とか、しないの？」

彼が指さした画面を見ると、最近よく見かける女優さんが長い髪を縦に巻き、シックな黒いドレスを着て、化粧品のＣＭに出演していた。エナメルのサンダルのヒールは、めまいがするほど細い彼女の足以外は乗せた瞬間に折れてしまいそうだ。

「こんな派手な髪型、私には似合わないから」

「そうかな。案外、合うと思うんだけどな」

「そういうのは好きじゃないの。似合ってもいないのに着飾ったりとか、恥ずかしいじゃない」

彼はゆっくりとテレビから視線を外すと、今度はその視線をこちらに向けた。

「あのさ、霧島さんって今まで男と付き合ったことってあるの？」

馬鹿《ばか》にしているふうではなかった。だけど、そんなふうに真顔で聞かれるほうが、私にとってはよっぽど苦痛だった。

「ある。一度だけど」

「それ、年上だったでしょう」

「なんで分かるの?」

「しかも、五歳とか十歳とか、結構な年上だろう。俺、霧島さんのことを好きになりそうな男って分かるよ。ちょっと地味で、だけど頭が良くて、一歩引いてるようなタイプだよな。きっと」

「それって、都築君と正反対ね」

ぽつりと呟くと、彼はふと宙を見上げて
「そういやあ、そうだな」

と言った。

そのとき、部屋の隅に置かれた黒いカバンの中で携帯電話が鳴った。

少し前に流行《はや》った曲のメロディーが響いて、私は、一向に動こうとしない都築新の顔を見た。

「都築君、出なよ。電話だよ」

彼は無表情のまま、首を横に振った。

「いい。寝てたことにする」

「夜の八時に？　遠慮しないで、出ればいいじゃない」

「電話の会話は聞かれるのが恥ずかしいから、いい」

その一言で、私は電話の相手を察した。

私は無言のまま、冷め始めたお茶を啜《すす》った。


「お宅、しつこいんだよ！」

怒鳴られて一方的に電話を切られた後、ため息をつきながら受話器を置くと、それを見た社員の前園さんが、きつそうなグレーのパンツスーツに包まれた足を大股《おおまた》で踏み出して、こちらへやって来た。

「また断られたの？」

高圧的な口調に合わせて茶色い片眉がつり上がる。きっと化粧を取ったらこの眉はすべて消えるのだろうな、とまったく関係のないことを一瞬だけ考えた。

「何度も言ってるでしょう。最低でも三回断られるまでは粘れって。あなたは押しが弱いのよ。もっと、プッシュ、プッシュ、でがんばらないと」

口から息が漏れているような英単語を聞きながら、すみません、と私は謝った。

前園さんが去ってしまうと、となりの席の女の子が椅子《いす》から身を乗り出して
「顔も見えない他人にいきなりずうずうしく喋って、浄水器売りつけられる前園さんのほうがおかしいよねえ」

小声で耳打ちしてきたので、私は曖昧《あいまい》に笑った。

ビルの一室に白い机を何列も並べただけの場所で、授業中みたいに着席した女の子たちが電話番号のリスト片手に電話をかけ続ける光景は、たしかに異様だ。ほとんど世の中の役には立っていない、それどころか大抵は嫌がられて迷惑をかけるための設備。バイト代を支払ってもらえるかぎり文句はないが、正直、それも無意味への対価としか思えない。私には時間を無駄遣いしている意識はあっても、労働しているという気分にはなれない。達成感のない、不透明な労働は疲労だけを蓄積させていく。

ぐったりしてお昼の休憩に入り、ロッカールームで携帯電話を開くと都築新の着信が残っていた。

私は出したコートを羽織りながら、彼に電話をかけた。

「いまバイト中だったんだけど、どうしたの？」

私の言葉に、彼は言った。

「今夜、みんなで飯でも食いに行かない？ ちょっと奢《おご》るよ」

「みんなって誰？」

私は尋ねた。

「俺と彼女と、櫻井も来るって言ってた」

私が同じ学科で一番親しい櫻井君も誘ったということは、彼なりに気を遣ったのだろうか。それともおまけは私のほうか。なんにせよ、都築新の付き合っている女の子と顔を合わせるのは微妙に抵抗があった。ほかの女の子が混ざることで、途端に霞《かす》む自分を想像した。

「どうしようかな。出る前に夕飯の支度してきちゃったし」

「明日の朝に食べればいいじゃん。今夜行くところ、俺の気に入ってる店だから、霧島さんにも来てほしいんだよ」

その言葉に、頭をおおっていた暗い考えが払拭《ふっしょく》された気がして、私は答えた。

「分かった。行く。いまバイトの休憩中だけど、五時には終わるから」

「それじゃあ、六時半に原宿の改札で」

彼はそう告げて、電話を切った。

バイトが終わった後、私は山手線に乗り、原宿へ向かった。

長時間座りっぱなしだったので少し腰が痛い。コートの上から軽く叩《たた》きながら、すっかり日の落ちた街をドア越しに眺めていると、そこに映った自分の服装が急に気になり始めた。バイトのために顔こそうっすら化粧をしているものの、首から下は紺色のハーフコートにいつもの黒いタートルネック、グレーのロングスカートという服装だ。適当な格好、という都築新の言葉がにわかに蘇《よみがえ》る。たしかにガラスに映ったモノクロの自分は輪郭を失って闇《やみ》に溶けかけているようにさえ見えた。

原宿に着いたとき、まだ約束の時間まで三十分ほどあった。私は駅前の混雑を抜けて、一軒だけ知っている洋服屋に向かって歩き出した。

広々とした店内は落ち着いていて、さっき日が昇ったばかりのような笑顔で店員が出迎えてくれた。

その店に臆《おく》せず入ることができるのは、色のトーンや形がベーシックで上品なわりには値段が安いからだ。店内を見回し、セール品の棚に掛かっていたニットを何枚か眺めていると、ショートヘアの眼鏡をかけた女性店員が近寄ってきて、その中の一枚を棚から外した。

「こちらのニットはいかがですか。もう残り一点なんですよ」

それは胸元がVの形に開いた黒いニットだった。少し開きが深いように感じて、私は黙り込んだ。それだけじゃなく、黒い糸の中にべつの素材が織り込まれているのか、照明の加減でちらちらと光って見えるのも気になった。

「少し派手じゃないでしょうか」

私の言葉に、黒いパンツと白いワイシャツ姿の店員が驚いたような笑顔で首を横に振った。

「そんなことないですよ。むしろシンプルなデザインだから、お仕事でも普段使いでも大丈夫ですよ」

そう言って、半ば押し込まれるような形で私は試着室に入った。

実際に着てみたニットは、たしかに想像していたよりは派手ではなかった。それでも、ぴったりと体のラインが出てしまうデザインや、急に目立つようになった肌の色、露《あらわ》になった鎖骨に、私は鏡の前でまだ戸惑っていた。それでも店員の強力な薦めで、結局はそれを購入した。

店を出た私は、近くの喫茶店でトイレを借りて服を着替えた。ゴムで引っ詰めていた黒髪もほどいて肩に垂らした。

最後に鏡の前で口紅を塗り直すと、急に男性の視線をひどく意識したような女が現れて、私はかすかに怯《おび》えた。それでも、今のこの姿で外に出たいという欲望が同時に湧《わ》き上がってくるのが不思議だった。

内心どきどきしながら駅前へ戻ると、すでに三人はそこにいて、私が来るのを待っていた。さっきまでタートルネックに隠されていた首元に風が吹き込んで寒い。いそいで横断歩道を渡ろうとすると、反対側から来た人に肩がぶつかって、それだけで恥ずかしさに頬が赤くなるのを感じた。

「待たせてごめん」

そう言って三人のもとへ近付いていった私は、息が詰まるような思いで都築新の恋人を見た。

「さっき来たから大丈夫ですよ。はじめまして。山本遥《やまもとはるか》といいます」

そう名乗った彼女は、この寒いのに短いスカートの下から小さな膝《ひざ》を覗《のぞ》かせていた。もっとおとなしい感じの子を想像していたが、むしろきれいな茶色に染めた髪の毛は耳が見えるほど短くて、声の張りや大きな瞳《ひとみ》や明るい笑顔からは、こちらが気圧《けお》されるほどの元気の良さやエネルギーを感じた。

「それじゃあ、行こうか」

都築新は私と櫻井君を交互に見て、それから最後に自分の彼女に視線を合わせてから、表参道のほうへ向かって歩き出した。

着いたのは、比較的古いビルの三階にあるイタリアンの店だった。暖色系の間接照明で目立たなくしてあるものの、店内の壁や天井はところどころ損傷があった。ただ、真っ白なテーブルクロスや卓上の蠟燭《ろうそく》、それに西洋画やアンティーク風の椅子やテーブルなどで統一された店の雰囲気自体は悪くないと感じた。

「ここ、昔からあるお店？」

山本さんがコートを脱ぎながら都築新に尋ねた。彼女は白いノースリーブのニットを着ていて、二の腕の内側が白くて柔らかそうだった。

「初めて来たのは七年くらい前かな。だけど味は保証するから」

「都築は本当に、食べるのが好きだな」

櫻井君が笑いながら、私のコートを受け取って店員に預けてくれた。

ふいに、都築新がじっと私のほうを見たので、心臓が止まりそうになった。

「なに？」

椅子に腰掛けながら強《こわ》ばった声で尋ねた私に、彼は笑いながら言った。

「霧島さん、また、似たような黒いセーター着て」

その言葉を聞いた瞬間、私はどこかで同じような場面に出会った気がした。

――君、またジェーン・バーキン聴いてるのか。

それは、あのとき、部屋に上がって開口一番にあの人が言った台詞《せりふ》だった。

――うん。何度聴いても、この雰囲気が好きなの。

すると、あの人はやんわりとした口調でこう言ったのだ。

――そうじゃなくて、たまには違うものを聴いたらどうかと思ったんだ。君は飽きないの？

――私はべつに平気だけど。それなら今度から、あなたが好きなCDを持ってくればいいじゃない。

――そういうことじゃなくて、君はいつも同じような音楽に同じ服装に、同じ興味や話題で。まだ若いんだから、もっといろんなことに興味を持ったり、好奇心を抱いたりしないのか。

彼の言葉に、私は少し不機嫌になって反論した。

——どうしてそんなことを言うの？　私は今の自分に満足してるのに。

その直後、私を見た彼の瞳には、たしかに、かすかな軽蔑《けいべつ》の色が含まれていた。

——なんだか本当に君は化石みたいな子だね。

「新ちゃん、女の子にそういうことを言うの、失礼だよ」

彼女の一言で、私は我に返った。

「いいの。本当のことだから」

笑いながらそう言うと、都築新が少し声を大きくして
「そうなんだよ。霧島さんって、しょっちゅう黒いセーターでさあ。いつも同じ服を着てるアニメの主人公みたいだって、俺、前から思ってたんだよ」

その言葉に、それまで黙っていた櫻井君が吹き出した。私も声をあげて笑った。

先ほどまでの動揺の馬鹿馬鹿《ばかばか》しさに。自分を品のない女のように錯覚した勘違いぶりに。なんだか腹が立つのを通り越して、清々《すがすが》しくさえあった。笑っているうちに

泣きたくなったのは、きっと緊張がほぐれたせいだと思い込もうとした。

「それよりも霧島さん、前菜はなにがいい？」

都築新に訊《き》かれて、私はメニューを見た。

「今の季節だったら、これかな」

そう言うと、彼は大きく頷《うなず》いて
「だよね。俺もそう思ってた。じゃあ、これと、遥が好きな真ダコのカルパッチョ、二品頼んで、みんなで分けよう」

そう言って彼は店員を呼んだ。

デキャンタの白ワインを飲むと、空腹だった胃のあたりがかっと熱くなった。酔いが頭の中まで行き渡ると、だんだん明るい気分になってきた。

「それにしても、今日は朝から寒かったね」

全身の体温の上がっていくのを感じた私が言うと、山本さんは相槌《あいづち》を打ってから明るい顔で言った。

「だけど冬が来ると、私、嬉《うれ》しいの。スノーボードができるから」

スノーボード！　あの、寒い季節にわざわざ寒い場所へ重たい荷物を持って出かけて行き、雪の上を滑り回るスポーツのことか。あの遊びが好きだというだけで、途端に私にはその相手のことが異邦人に見える。

「新ちゃんも来年は一緒に行こうよ。親には女の子だけで行くって言うから」

彼女はそう言って、無邪気な笑顔を都築新へ向けた。

「行ってもいいけどさ。俺、温泉付きのところがいいな。疲れるのって苦手だから」

「いいよ、べつに。じゃあ約束ね」

「分かった。それまでにボードとか、揃《そろ》えないとな。相場ってどれくらい?」

「物によるなあ。だけどあんまり安いやつを買うと、結局、すぐに傷《いた》んじゃってダメになるから。新ちゃんみたいにお金のある人は良いやつを買ったほうがいいよ」

私はその会話を無言で聞きながら、グラスを手にした彼女の指先を見ていた。長く伸ばした爪《つめ》は丁寧に整えられて、根元から先まできれいにマニキュアが塗られている。

私は、昔から、こういう完璧《かんぺき》に手入れされた爪が怖かった。あの爪では、お釜《かま》の中の米を研ぐことはできない。ハンバーグの挽肉《ひきにく》をこねることも、焦《こ》げた鍋《なべ》の底を強く擦ることも。あらゆる点で長い爪は非実用的なのだ。そして実用性よりも鑑賞することを求められる種類の女性というのは確実に、いる。そして、私は違う。

だから私にはできない。

「二人はどうやって知り合ったの？」

櫻井君が穏やかな口調で尋ねると、二人は顔を見合わせた。

「バーでたまたま席がとなり同士だったんだよな。それで、こいつともう一人の女友達がメニューを見ながら、ギネスってなにが入ってるんだっけ、とか、マティーニのドライっていうのはきっとすっきりして飲みやすくなるんだとか、とんちんかんなことばかり言っててさ。見かねて俺が教えてあげたの」

最近は女の子だってよくお酒を飲むから、そんなことも知らなかったということに、私はちょっと驚いた。

だけど彼女はまったく気にしていない様子で笑った。

「だってバーなんて、あのとき初めて入ったんだよ。お酒だってもともと強くないし、いつもサワーとかを一杯飲む程度だったから」

「だからって、おまえ、あの会話は恥ずかしいよ」

都築新の言葉に、たしかに、と櫻井君が笑いながら同意した。だけど、その笑顔に軽蔑や冷たさはなかった。むしろ彼らはとても嬉しそうだった。

「遥はもっと社会勉強しないと。こいつ、二十歳にもなって、未《いま》だに実家に門限があるんだよ。信じらんないよなあ」

「それはうちの親に言ってよ。この前なんて、同窓会で遅くなって終電を乗り過ごしたら、カラオケボックスまで迎えに来たんだよ。本当に、ウザい」

ああ、と私は心の中で痛感した。私は、この子のことが嫌いだ。それも彼女だけが嫌いなんじゃなく、彼女に代表されるような、苦労もせずに与えられた平和の中で平気で文句を言える、そういう育ちの子たち、すべてが憎いのだ。

迎えに来るどころか、家を飛び出して明け方まで帰ってこない母親を探しに出かける子供がいることなど、彼らはきっと知らない。煙草《たばこ》と酒の臭《にお》いが充満した居酒屋でようやく見つけた母の腕を引こうとした瞬間、隣の席の酔っぱらいに抱きつかれて胸を触られて泣く恥ずかしさも。スノーボードなんか、高校生のときから一人暮らしの私のどこにそんな余裕があるというのだ。祖母の死を美しく悲しむことすら、私にはできなかった。私名義の遺産で大学に行けると分かったから。

私はもう少しで空になる、自分のワイングラスに視線を落とした。

店を出ると、すっかり人通りが減っていた。裸の街路樹を照らす街灯と、通り沿いに立ち並んだお店のショーウィンドウの明かりが、駅までの道を照らしていた。

信号が変わりそうだったので、私たちは四人で横断歩道に向かって走り出した。

渡り切る直前、歩道との段差で躓《つまず》きかけた。その瞬間、都築新がこちらを振り返って、もう少しで地面に手をつきそうだった私の片腕を摑《つか》んだ。

驚いて息を吐きながら顔を上げると、彼が真剣な表情で

「俺、いま、すごい素早かっただろ」

と言ったので、私は吹き出した。彼はすぐに手を離すと

「怪我《けが》しなくて良かったね」

と言って笑った。私に怪我がなくて良かったと、本当に心から思っている言い方だった。

そのとき、櫻井君と山本さんが近付いてきて、大丈夫かと声をかけられた。私は短く頷いてから山本さんのほうを見た。

彼女からはすっきりとした花の匂《にお》いの香水が漂ってきて、その香りを強く吸い込んでみたけれど、ほんの一滴の嫉妬《しっと》の匂いすら嗅《か》ぎ取れなかった。

帰りの電車の中で二人きりになったとき、吊革《つりかわ》につかまっていた櫻井君がふいにこちらを向いて言った。

「そういえば、霧島さんって都築のことが苦手だったんじゃないの？　いつの間にか仲良くなったみたいだけど」

私は一瞬だけ口ごもってから、べつに隠すことでもないと思い直して、言った。

「みんなで鍋をした夜があったでしょう。あれから、都築君、たまにうちに遊びに来るの」

「ええ？」

彼は途端に眉《まゆ》をひそめた。

「それって、まさか、霧島さんもあいつと付き合ってるわけじゃないよね？」

私はあわてて首を横に振った。

「全然そういう感じじゃないの。ただ、たまにうちにご飯を食べに来るだけ」

だけど櫻井君は不可解だと言わんばかりの口調で言った。

「たしかにうちの学科はあんまり男女関係ないけど、それにしたって一人暮らしの女の子の家に、男が一人でご飯だけ食べに行くなんて変だよ。第一、あいつは彼女がいるんだから、彼女だってそれを知ったら良い気はしないと思うな」

そうだよね、と呟《つぶや》いた私の声が弱々しかったせいか、彼はすぐに穏やかな口調を取り戻して
「いや、霧島さんが悪いとは思わないけど。それは、むしろ都築が気をつける問題だから」

「都築君は、なにも考えてないと思う」

「俺もそう思うけど、まったく可能性がないわけじゃないから」

私は首を強く横に振った。

「私と都築君の間になにかあることなんて、ないの」

そう言って二人の関係を否定するたびに、まるで私の中の女性を否定されているような、そういう辱《はずかし》めを受けている気分になった。

高校生のときに書店で一緒にバイトをしていたあの人は、七歳年上の大学院生で、いつも図書館にいるような物静かな喋《しゃべ》り方をする人だった。

流行に関係ない銀縁の眼鏡と、きっちりアイロンの掛かったストライプのシャツ。大きくも小さくもない身長に、痩《や》せた体。美形とは言い難かったけど、目を伏せたときに分かる睫《まつげ》の長さや、繊細な雰囲気が好きだった。

最初のうちはすごく良かった。趣味、服装、好きなテレビ番組、選ぶ会話もセックスも——まるで私自身がもう一人いるみたいな相手だった。私たちは精巧な部品を組み合わせたように、一ヵ所として軋《きし》んだり食い違ったりするところのない、完璧な時間を構築した。そんな日々がずっと繰り返されることがどれほど退屈なことか、当時の私は想像もしなかったし、たぶん私はその退屈に耐えうるだけの素質があったと今でも思う。耐えられなかったのは彼のほうだった。

一年もすると、学会で疲れてるから、と来た早々に背を向けてベッドに潜り込む姿が目立つようになった。私は勘違いしていた。彼よりも自分のほうがずっと若いというだけで、無条件に求められるものだと思っていた。だけど付随する価値は、本体がその価値に見合ったものじゃなければ意味がない。別れの予感に怯《おび》えるようになってからは、彼から自発的に触れてきた回数を数えて、相手の気持ちを推し量るようになった。それがよけいに相手の息を詰まらせたのだろう。

彼は私と別れた後、べつのバイトの女の人と付き合い始めた。人前でも平気でセックスの話をするような人で、飲み会で彼女が口を滑らせる瞬間はいつも私は惨《みじ》めな気持ちで目をそらし、そのたびに彼は渋い顔で小言を言っていたけれど、それでも別れることはせずに、昨年の秋、二人が入籍したという話を聞いた。

みんなで食事をしていたとき、私は久しぶりにその頃の気持ちを思い出した。私の持っているものが、男の人にとって大した意味を持たないこと。欲望を抱かせないこと。また逆に、私が持っていないものや必要ないと思っているものが、男の人にとっては重要だったりすること。それを都築新は私に思い出させる。

単純に彼の無神経な物言いが苦手なのだと思っていた。だけど本当は、彼を通して、自分にはけっして手に入らない世界を垣間見《かいまみ》てしまうのが怖かったのだと気付いてしまった。

それからも都築新からの電話はたびたび鳴ったが、私は取らなかった。タンスの奥にしまい込んだVネックのニットはおそらくもう二度と着ないだろうと思った。これ以上、彼に会えば、自分の中の見たくないものが溢《あふ》れ出して止められなくなる。まだ今ならそれを押さえ込めると思い、点滅する携帯電話をカバンに押し込んで気付かないふりをした。

その夜、宅配便の届け時間を確認する電話を受けた直後に、ふたたび鳴った音を、私は同じ相手だと決めつけて確認もせずに出た。電話の向こうから聞こえてきた都築新の声に、私は動揺して危うく電話を落とすところだった。

「最近、全然、連絡してもつかまらなかったけど、風邪でもひいてた？」

避けられていたとは思ってもいない彼に、私はちょっとほっとした。

「バイトが忙しかったの。それよりも、どうしたの？」

またご飯だったら断ろう、と思っていた私に、彼は意外なことを言った。

「霧島さん。明日、一緒に水族館へ行かない？」

「水族館？」

と私は驚いて聞き返した。

「そう。この前、彼女が行きたいっていうから調べてたときに、シロワニっていうのがいる水族館を見つけたんだよ」

「それって、ワニが白いの？」

私が訊《き》くと、彼は、たぶん、と答えた。

「だからさ、良かったら一緒に行かない？　白いワニって見てみたいだろ」

「見たいけど、それって彼女と行かなくていいの」

すると彼は、うーん、と軽くうなってから
「調べたときになんとなく霧島さんの顔が浮かんだから、先に誘おうと思って。それに彼女はイルカとかペンギンが見たいって言ってたから、べつにその水族館じゃなくてもいいだろうし」

そう言われた私は、ふと自分の爪を見た。深く切りすぎて丸い爪の先。気まぐれだとしても、単に振り回されているのだとしても、他人から必要とされたり求められることに、どうして私の心はこんなにも弱いのだろう。

「分かった。行く」

電話を切った後、私は化粧品を入れた箱から、二本だけ持っていたマニキュアを取り出した。一本は無色で、もう一本はベージュに近いピンク色だった。それを手の爪に塗りながら、私はもしかしたら都築新のことが好きなのだろうか、とふいにおそろしいことを考えた。

今度はなにを着ればいいのだろう、そう思って壁の時計を見上げると、九時を少し過ぎたところだった。今から買い物なんか行けない。けれどそのとき、駅ビルなら十時まで開いていることを思い出した。中には一、二軒ほど若い女性向けの洋服屋が入っている。

いてもたってもいられなくなり、私は財布をコートのポケットに入れて、玄関のショートブーツに足を押し込んだ。

ドアに鍵《かぎ》を掛けるとき、親指に塗ったマニキュアのピンク色がもう半分ほど剝《は》がれているのが見えた。階段を下り、自転車にまたがって冷たい風を受けながら走り出す。どうして私はこんなに格好悪いのだろう、と情けなくなりながら、大部分の店がシャッターの閉まった商店街を走り抜けた。必死でペダルをこいだせいか、頰の内側が渇いてきて、夜空にくっきりと浮かんだ三日月は切り絵のようだった。すべてが馬鹿《ばか》みたいで、夢を見ているようだった。

ようやく駅ビルに着いた私は、息を整えながら自転車を止めて、建物の中に入った。

洋服屋で、今度は店員の薦めるものを躊躇《ちゅうちょ》せずに着た。そこに一切の主観を交えずに、まるで他人の洋服を選ぶように、業務的に試着をこなした。色ぐらいは指定したものの、後はすべて相手に任せた。鏡の中に映った姿はまるで、雑誌のモデルの服装に、顔だけ自分の写真を貼《は》り付けたようだった。それでも数十秒くらい凝視しているとなんとか見慣れてきたので、ふたたび心が迷わないうちに会計を済ませた。

それから駅ビルの近くにある黄色い看板のディスカウント・ショップでホットカーラーを買った。使い方など全く分からなかったので、買った物を持ってアパートに戻った私はすぐに説明書を開いた。

スイッチを入れると、まだ冷たい指先にホットカーラーの温度を感じた。髪を巻こうとすると、一瞬だけ熱を持った部分が首筋に付いて、じんわりと痛みが広がった。

首筋や頭皮に何度か軽いやけどの痛みを覚えながら、私は夜更《よふ》けまで重たい黒髪を不器用に巻き続けた。

行きの電車に揺られながら、私はすでに逃げてしまいたい気持ちに駆られていた。何度も近くの席の乗客を見回して、妙な視線がこちらに向けられてないかを確認した。黒い革のカバンから手鏡を出してのぞき込むと、若干形が崩れてきたものの、まだ髪は空気を含んだ状態できれいな曲線を描いていた。私は小さくため息をついて顔を上げた。

改札を出るとき、都築新が来ていなかったらいいのに、と一瞬だけ願ったが、それは叶《かな》わなかった。

切符売り場の脇《わき》の柱に寄りかかっていた彼は、私の姿を見ると、驚いたように笑った。

「霧島さん、どうしたの？　なんか今日は雰囲気違うけど」

「昨日、従姉妹《いとこ》が泊まりに来て、私はいいって言ったんだけど、洋服とか色々持ってきて、髪もいじられて」

「ああ、そうなんだ。だけど似合ってるよ」

その一言に強《こわ》ばっていた肩の力が一気に抜けた。

薄曇りの空を見上げながら、都築新と私は並んで水族館までの道を歩いた。グレーのジャケットに包まれた都築新の広い肩が、ちょうど私の目線の位置で揺れていた。雲の切れ間からかすかに光が差して、午後から晴れるという今朝の天気予報を思い出した。まだ自分の吐息をうっすら暖かいと感じる肌寒さで、薄手の白いスプリングコートなど着ていないも同然だったが、私は幸福だった。

水族館の入り口に着くと、財布を出そうとした私の手を、彼が遮った。

「今日は俺が誘ったから」

「だけど」

「それじゃあ、後でお茶でも奢《おご》って。ここは出すから」

そう言って彼は茶色い革の財布からお札を二枚出した。けれど、やっぱり気兼ねしてしまい、入場券を受け取るときに半ば強引に千円札を出した。

苦笑しながら建物の中に入った彼の横顔に、ふっと青白い影が落ちた。

薄暗い水族館の中は、真っ青な光と影が揺れていた。声を発したそばから水槽の奥に吸い込まれていくような水の空間を、私たちは、歩調を合わせながらゆっくりと進んだ。

「見て、霧島さん。ハコフグがいる。これさ、腹のところを切ると、本当にすっぽり箱みたいに空洞になってるんだよ」

ふうん、と言いながらガラスの水槽をのぞき込む。その視界を巨大な影が遮ったので、驚いて見上げると、それはエイだった。水底からふわっと浮き上がっていくエイは、泳いでいるのではなく飛んでいるようだった。すごい、と言って私はエイを指さした。昨夜《ゆうべ》、丁寧に塗り直した爪《つめ》に守られた指で。

二人で長い時間をかけて色んな水槽を見て回った後、都築新が館内のパンフレットを手に取って
「シロワニはどこかな」

と呟《つぶや》いたとき、私はようやく今日の本来の目的を思い出した。それと同時に、今の自分の場所が借り物だということも。

「たしかに、見なかったね。どこにいるんだろう」

思わず気のない返事をしてしまった私は、慌《あわ》てて興味のあるふりをして館内を見

回した。そして従業員の女性を発見したので、聞いてくる、と彼に告げた。

「シロワニならあちらの水槽ですよ」

そう教えられた先には、複数の魚が回遊する大きな水槽があるだけだった。首を傾《かし》げながらそちらに近付いた私たちは、魚の名前が写真付きで紹介されたパネルを見て、愕然《がくぜん》とした。

「……シロワニって、サメのことだったんだね」

顔を上げると、造られた岩場の間を大きなサメが我が物顔で横切っていくのがちょうど見えた。

「ごめん、霧島さん。俺、文字だけ見て、完全にワニのことだと思い込んだ」

その言葉に、私は首を横に振った。

「いいよ。私だって知らなかったし」

「いや、もっとちゃんと調べれば良かった。ひどい勘違いだよなあ。俺も遥のこと、言えないよな」

彼がさらっとその名前を口にした瞬間、自分でもびっくりするほど神経が逆立った。

「彼女って、都築君がほかの女の子と出かけたりしても、なにも言わないの？」

彼はこちらを見ると、質問の意味が分からないというふうに、何度かまばたきした。

それからようやく、ああ、と頷《うなず》いて
「ほかの女の子って霧島さんとかのことか。俺、そんなに女の子と二人で出かけないから分からなかった」

「べつに、私でも、ほかの女の子でもいいけど」

「まあ、大丈夫じゃないかな。あいつだってしょっちゅう男友達と飲みに行ってるし。たとえばそこでなんかしてても俺には分からないから、疑えばキリがないよ。お互いに信用するしかないよな」

彼は淡々とした口調でそう話したが、私にはよく分からなかった。

「それって、本当に好きなのかな」

「どうだろうね。いや、好きは好きだけど、俺、もともと恋愛でそこまで熱くなるタイプじゃないし」

それなら、と私は思った。それなら相手が誰であっても一緒ではないだろうか。

今この瞬間の組み合わせのほうが間違っていると、言い切れるものはないんじゃないだろうか。

私がそんなことを考えているとも知らずに、都築新は、そろそろお昼ご飯にしようと言った。

水族館の中のレストランで、ちょっと甘すぎるカレーライスに二人で不満を漏らしながら食べているとき、彼がふいに尋ねた。

「そういえば、さっき従姉妹が来てたって言ってたけど、兄妹はいないの?」

私は紙ナプキンで口の端を拭《ぬぐ》いながら頷いた。

「うん。ずっと一人っ子」

「ふうん。そういえば、霧島さんって実家はどこだっけ?」

「千葉県の、九十九里のほう」

そう言うと、彼は意外そうな顔でスプーンを動かす手を止めた。

「遠いけど、大学まで通えないほどの距離じゃないね。実家から通ったほうがお金とか、楽なんじゃないの?」

「だけど高校生のときから一人暮らしだから。両親が、あんまり仲良くなくて、家にいるのが嫌だったの」

ふうん、と彼は相槌《あいづち》を打った。

「色々大変なんだね。霧島さんって、なんか苦労してそうな雰囲気がちょっとあるもんな。俺、そういうの分からないから、気付かずに無神経なことを言ってたらごめん」

「もう慣れたから」

そう答えた私は冗談のつもりだったのに、彼は真顔で
「そうなんだよなあ、そうやって慣れてくれる人はいいんだけど、一つ一つに丁寧に傷つく子もいるから」

私たちのいるテーブルの脇を、子供たちが大きな笑い声をあげて走っていく。レストランの照明が明るすぎるせいか、白いテーブルの汚れが少し目立つ。

「私だって、いろんなことに傷つくけど」

「そうか。霧島さんって、けっこうなにを言っても淡々としてるから、そんなことないのかと思った。そういうところ、安定感があって、安心できるから、すごく良いと思ってたんだけど」

最後の一言にびっくりした私は、慌てて首を横に振ると

「もちろん、普通の女の子よりはタフだけど」

と笑ってみせた。彼は、そうだよなあ、と屈託のない調子で返した。お皿に添えられた彼の手は大きくて、その手が私の整えた髪を崩したり、薄い胸に触れるところを想像すると、途端に自分がべつのなにかに変わっていくような錯覚を覚えた。一方で、それは水中の人魚が地上の男に恋をしてしまうぐらいに、不毛で遠い夢のようにも思えた。

冷めていくカレーの味に次第に胸焼けしてきたが、残すのはみっともないので、なんとか残りのご飯をかき込むと、むせ返りそうになった。

水族館を出た私たちは、暗くなりかけた夕暮れの空を見ながら、これからどうしようかと言い合った。

「良かったら、うちでご飯でも作ろうか」

いま思いついたという感じで私が提案すると、彼は明るい声で、いいの、と聞き返した。

頷きながら、本当は今朝のうちに買い物を済ませていた冷蔵庫の中身を思い出していた。

アパートに戻ると、私はすぐに台所に立った。服が汚れないように赤いギンガムチェック柄のエプロンをして、大きな鍋《なべ》を取り出した。

タコとニンニクの芽のスパゲッティー、それにモッツァレラチーズとトマトのサラダは、すぐに出来るわりには以前付き合っていた恋人から評判が良かったメニューだった。

スパゲッティーを一口食べた都築新は、軽く頷いてから
「美味《うま》いよなあ。バターとニンニクの香りが濃くて」

と感想を述べた。その表情を見ながら、私は彼が嬉《うれ》しそうに作ったものを食べてくれる姿がきっと好きなのだ、と思った。

あっという間に食事を終えた都築新は、すっかりくつろいだように足を崩して、ごちそうさま、と言った。

「お茶でも淹《い》れるから、待ってて」

立ち上がろうとした私を、テーブルに頬杖《ほおづえ》をついていた彼が上目遣いに見た。

「そうか、エプロンか」

その一言に、私は自分の体を見下ろした。

「そういえば、すっかり外すのを忘れてた。このエプロンがどうかしたの？」

「霧島さん、なんか可愛《かわい》いと思ったら、そのエプロンのせいだね」

なにを言えばいいのか分からなくなって床に視線を落とすと、ラルフローレンの紺色の靴下に包まれた彼のつま先が視界に入った。

都築君、と私は呼びかけた。

「じつは、しばらく電話に出なかったのは、櫻井君に色々言われたせいだったの」

私の言葉に、彼は軽く眉《まゆ》をよせた。

「一人暮らしの女の子の部屋に、彼女持ちの男が来るのは良くないって。気をつけろって言われて」

「ああ、そうなんだ。ごめん、なんか変な気を遣わせて。あいつも生真面目《きまじめ》だなあ。べつにやましいことなんてないんだから、よけいな心配しなくてもいいのに」

そうだよね、と私は言った。

「私と都築君がそんな変なことになるなんて、ないよね」

「だよなあ。それに」

そこまで言いかけて、彼はにわかに口をつぐんだ。

「ごめん。また失礼なことを言いそうになった。危ない、危ない」

私は笑ったまま、なにが失礼なの、と聞き返した。

「いやあ、また霧島さん、怒るから」

「だから、もう慣れたから大丈夫だって。どうしたの？」

「霧島さんち、風呂《ふろ》、狭いしなあ、と思って」

一瞬、私はなにを言われたのか分からなかった。

「そういうことするときってさ、前か後に、風呂入りたいじゃん。俺、ユニットバスの使い方ってよく分からないんだよ。もちろんそんなつもりないけど、それはちょっと面倒だからネックだよね」

お茶淹れてくるね、と告げて私は立ち上がった。

台所で急須《きゅうす》の蓋《ふた》を持ち上げると、指先が小刻みに震えていた。巻いた髪がゆっくりと崩れて床に抜け落ちていくような気がした。耳の奥が詰まったように意識がぼうっとして、堪《こら》える間もなく涙が溢《あふ》れてきた。

声を殺して泣きながら、部屋のほうを盗み見ると、都築新は真っすぐな視線をテレビに向けていた。

私は急須に緑茶の葉を入れてから、棚の中にしまっていたガラス瓶を取り出した。そして中身を、少量、お茶の中に混ぜた。ポットのお湯を急須に注ぎ、蒸らしている間にキッチンペーパーで目頭や鼻を強く拭う。紙を顔から離して見ると、涙の跡にマスカラが重なって黒いシミを作っていた。

二人分の湯飲みを持って部屋に戻ると、都築新は、ありがとう、と言ってお茶を口にした。私は微妙に顔をそらしながら、その様子を横目で見ていた。

数分も経《た》たないうちに、都築新は口の中がなんだか痒《かゆ》いと言い出した。私が無言のままその姿を見つめていると、彼は初めて、わずかに怯《おび》えたような視線を向けた。

その顔を見ながら、そもそもこれは彼が望んでいたことだと私は思った。このまま無神経に他人を傷つける人間でいるよりも、生まれ変わって、何一つ傷つけず、海の音を聞き、時々、食事の気配に目を覚ますだけの、そういう生き物になりたいと言ったのは、彼だ。

だけど汗ばんだ彼の顔にぶわっと数え切れないほどの湿疹《しっしん》が現れたとき、急におそろしくなった。本当に死んでしまうのではないかと思った瞬間、私はいそいで彼のほうに手を伸ばしていた。

だけど激しく喘《あえ》ぎながら胸を押さえた彼の体は、私の手をすり抜けて、まっすぐに床に倒れ込んだ。

そして都築新は意識を失った。

病院の廊下で彼のお母さんから声をかけられたとき、私は顔を上げることができずに、目を伏せたまま事情だけを説明した。これから病室に入り、二人から糾弾されることが怖かった。

彼女の後に続いて病室に入ると、都築新はまだ湿疹の残る顔でベッドに横たわり、呆然《ぼうぜん》と病院の天井を見上げていた。腕の内側には点滴の管が通してあった。

「それじゃあ、食後に出した蕎麦《そば》茶を気付かずに新が飲んで、こうなったんですね」

脱いだばかりのコートを片腕にかけたお母さんが、慎重な口調で私に尋ねた。

私が答えられずにいると、ベッドの上の都築新がこちらを向いた。

「俺が言い忘れてたのが、悪かったんだよ」

少し掠《かす》れてはいるものの、聞き取るには十分すぎるほどはっきりとした口調で彼が言った。

「だけどあんた、どうして気付かなかったのよ」

「風邪気味で鼻が詰まってたんだよ」

私は二人の顔が視界に入らないようにうつむいた。それから、湧《わ》き上がる罪悪感から逃れるために、必死で自分を正当化する言葉を心の中で唱えていた。

彼のお母さんが手続きのためにいったん出て行ってしまうと、ずっしりと重たい沈黙が病室に訪れた。

どうして、と私は呟《つぶや》いた。

「どうして本当のことを言わなかったの。私が知ってたって」

その問いかけに、彼は億劫《おっくう》だと言わんばかりの表情で顔をしかめると
「言えるわけないだろう。霧島さんに殺されかけたなんて」

その一言で、自分が思っているよりも、彼が私のしたことを重く捉《とら》えていることを知った。

「……ごめんなさい。だけど、だったらよけいに」

「俺、無神経だろう」

その言葉に、私は首を縦にも横にも振ることができずに黙り込んだ。

「おまけに他人の気持ちとか、ちっとも分かってないだろう。正直、霧島さんに毒を盛られるほど憎まれることをした覚えなんてないんだよ。俺自身は、一緒にいて楽しかったから。ずうずうしいことしてるかなって考えたことはあるけど、嫌だったら、嫌だってはっきり言う人だと思ってたし」

その言葉を聞いている間、私はやっぱり身動きが取れなかった。

「だけど気付かなかったっていうのは、罪がないんじゃなくて、もうそれだけでダメなんだろう。きっと」

霧島さん、と彼は言った。

「なにがそんなに許せなかったの？」

私は、お風呂、と言いかけて、あまりの馬鹿馬鹿《ばかばか》しさに口をつぐんだ。

彼はそんな私を見て、ため息をついた。

「俺、よく考えるんだ。生まれたときから自分は特に何も不自由がなくてさ、むしろ恵まれてて、だけどそれって俺が努力でどうにかしたものじゃないって。ほとんど理由もなく与えられたものを享受《きょうじゅ》してるだけなんだ。だから、もしかしたら、いつかその逆が起こるかも知れないって、思ってた。なんの理由もなく、災害みたいな不幸が自分に降ってきても、それは仕方のないことなんだって。俺は与えられた幸せも不幸も、同じように口にしなきゃいけないんだって」

そう言い切った彼の表情は澄んでいた。

そんなことを、と私は心の中で呟いた。そんなことを覚悟してる人だということを、どうしてもっと早く教えてくれなかったのか。

私はずっと、彼がうらやましかった。環境でも、境遇でもない。彼の無頓着《むとんちゃく》さや、嫉妬《しっと》や卑屈からほど遠い内面こそ、ずっと欲しくて堪《たま》らなかったものだった。その根底にあるものを彼がもっと早く見せてくれたら、私はきっと純粋に彼に恋をしていただろう。

「じゃあ、私を恨んでないの？」

「恨んだって仕方ないでしょう」

そう言って軽く目を細めた都築新を、私は初めて素直に素敵だと思った。

どれくらい、お互いに沈黙していただろう。彼が少し体を動かすたび、枕《まくら》が頭の重みで潰《つぶ》れるかすかな音や、シーツの捩《よじ》れる音を私はじっと聞いていた。そして、彼が幼い頃に夢見た風景を思い浮かべた。狭い柵《さく》の中で、巨大な身を寄せ合って眠っている彼と自分を。堅い皮に守られた強い体と、子孫繁栄のためだけにある性を。潮風と、揺れるたびに擦れる植物の葉の音を。それはたしかに楽園のような風景だった。

そのとき、ドアの向こうから高く響く足音が近付いてきた。

その足音に背中を押されるようにして、私は口を開いた。

「どんなに先でもいいから、いつか、もう一度、私の作ったものを食べてくれませんか」

「それは無理だよ」

そう即答した彼の表情は、怒っているわけではなく、むしろ淋《さび》しそうだった。

「だって、今の俺は正直、霧島さんが怖いから」

当たり前だ。

だけど、その当たり前を、彼なら言わない気がしていた。

都築新はふたたび天井を仰いだ。そのまま目を閉じるかと思ったが、あんなに安らかな寝顔を見せてくれていた彼の横顔は、今は強《こわ》ばっていた。

私はたまらなくなって床に視線を落とした。

体の前で重ね合わせていた自分の両手が見えて、行儀の良い子供みたいな丸い爪《つめ》の上にはまだ鮮やかな色が張り付いていたけれど、私はもうこの両手がなんの役にも立たないことを悟った。

猫と君のとなり

「僕、ずっと志麻《しま》先輩のことが好きだったんです」

ベッドから起き上がった彼は、私の顔を見て、いきなりそう言った。

「へ？」

私は読んでいた雑誌を閉じて、聞き返した。

「えっと、あの、萩原《はぎわら》君」

オギワラです、と彼ははっきりとした口調で訂正した。

「昔もよく言い間違えてましたよね。萩原ではなく、荻原《おぎわら》です。ところで僕、何度か吐いた記憶があるんですけど」

とりあえずこの部屋ではないから大丈夫、と答えた。

荻原君は黒い背広を脱いだワイシャツ姿で、息が苦しい、と呟《つぶや》きながらひとさし指で黒いネクタイをゆるめた。

私は男物の部屋着を出してあげてから、いったん廊下へ出て、台所に入った。

梅干し入り昆布茶の湯飲みを持って戻ると、荻原君はTシャツに黒いナイロンのズボン姿でベッドに腰掛けていた。

彼は出されたお茶に口を付けた途端、なんですかこれ、と眉《まゆ》をひそめた。

「梅昆布茶。二日酔いに効果のあるお茶なの」

そう断言すると、荻原君は露骨に美味《おい》しくないという表情を滲《にじ》ませつつも、長い時間をかけて湯飲みを空にした。

彼は浅く息を吐いてから、仰向《あおむ》けに横たわると

「お茶、最初はちょっと変な味だと思ったけど、おかげでたしかにちょっと吐き気がおさまりました。ありがとうございます」

お礼を言った顔には汗が滲んで、私が暖房の温度を下げると同時に、彼は気を失ったように眠りについた。

中学のバスケ部の顧問だった先生が亡《な》くなったという連絡を受け、お通夜《つや》にはかつての生徒がたくさん集まっていた。

お焼香を済ませてから、当時の男子部長が手当たり次第に声をかけた元部員たちで近くの居酒屋へ向かっていたとき、いつの間にかとなりにいた荻原君を見て、私は思わず笑ってしまった。

「どうして笑うんですか」

荻原君は、すねた猫みたいな瞳《ひとみ》をこちらに向けて、訊《き》いた。

「ごめん。だって、パスをもらうと動きの止まる荻原君だよね」

試合中、パスをもらった瞬間にどこへ出せばいいのか考え込んで止まってしまう荻原君を、ネジの止まった人形と言って先生がよく叱《しか》りつけていたのだ。

バスケ部の練習は体育館を半分仕切って男子と女子に分かれていて、彼とは特別に仲が良かったわけではなかったが、その叱られ方は印象に残っていたから、すっかり大人になった彼の姿が少しくすぐったくもあった。

「嫌なことを覚えてますね」

と荻原君は言った。

「ごめん。けど、当時はあんまり喋《しゃべ》ったりしなかったから、一番覚えてることって それで」

彼は仏頂面《ぶっちょうづら》でこめかみを掻《か》くと、軽く目を伏せてまばたきしてから、ふいにこちらを向いて言った。

「僕はよく覚えてましたよ、志麻先輩のこと。あのときの仔猫のことだって」

頭の上で飼い猫のまだらがわあわあ鳴く声が聞こえて、私は目を覚ました。

昨日のことは夢だったんじゃないかと思いながら枕元《まくらもと》の眼鏡を摑《つか》んで布団《ふとん》から起き上がると、ベッドの上では荻原君が寝息を立てていた。

小声で、荻原君、と呼んでみたけれど、薄いまぶたが痙攣《けいれん》しただけで、それ以上の反応はなかった。朝なのに薄暗いベランダの窓からは、激しい雨音が響いている。

台所でまだらに朝ご飯をやってから、冷蔵庫に残っていた野菜とベーコンでスープを作ることにした。

淡々と響く雨音と鍋《なべ》の煮える音を聞いていると、頭の中がぼうっとして、赤の他人が家にいる緊張も嫌な思い出も、まったりとした朝の空気に溶けていく気がした。

昼過ぎ頃にとなりの部屋から物音がして、振り返ると同時に、台所の暖簾《のれん》をかき分ける手が見えた。

荻原君はしばらく無言でその場に立ち尽くしていたが、私が、えっと、と言いかけたのを遮って
「すみません。まだあんまり頭の中がはっきりしないんですけど、昨日、僕が居酒屋で酔いつぶれてトイレの前に倒れていたのを志麻先輩が助けてくれた。それは間違いないですよね」

うん、と私は答えた。

「みんな酔っぱらって泣いたりして大騒ぎだったから頼りにならなくて、とりあえず一番近い私のところに。よけいなことだったらごめんね」

「まさか。助かりましたよ。そのまま倒れてたら財布とか盗《と》られてたかも知れないし、それに」

そのとき、じっと二人の間に蹲《うずくま》っていたまだらが、こちらを見上げて自己主張す

るように、にゃわあ、と鳴いた。

荻原君は嬉《うれ》しそうに床にしゃがみ込むと、まだらの顎《あご》の下を人差し指で擦《こす》るように撫《な》でながら
「志麻先輩の猫ですか？」

と訊いた。

「そうだよ。まだらっていう名前なの」

彼が猫に対してとても友好的だったので、私も横にしゃがみ込んでまだらの頭を軽く撫でた。

「よそからもらってきたんですか？」

「ううん。よく外に一匹で遊びに来てたの。だけど最初から妙に人懐《ひとなつ》っこかったから、もしかしたら捨てられたのかも知れない」

「そっか。まだら、おまえ拾われてラッキーだったな」

荻原君はまだらにそう呼びかけてから、一瞬、壁の時計を見上げた。私は立ち上がり、スープの鍋の火を消した。

「そういえば、荻原君はいまどうしてるの？　大学生？」

「そうです。志麻先輩は、四年ですよね。調子はどうですか」

「一応、小さいけど一部上場の会社に就職は決まって、あとは卒業式を待つだけ」

それはそれはおめでとうございます、と荻原君は言い、私は、彼が中学生の頃から体育会系ではなくビジネスマンみたいな敬語を喋るので、皆から嫌がられていたことを思い出した。

「だけど荻原君も、夏休みが終わったら準備か」

「いえ、僕はまだあと三年ありますから」

私がちょっと混乱していると、彼は笑いながら
「獣医学部なんです。だから、四年間じゃなくて六年間あるんです」

なるほど、と私は納得して頷《うなず》いた。

「獣医かあ。荻原君って頭良かったんだね」

「そうですね」

謙遜《けんそん》しないのかい。

「だけど志麻先輩だって頭が良さそうに見えましたよ」

「なんで？」

「眼鏡掛けてたから」

やっぱりこの男の子は少し変わってる。

興奮してきたまだらが荻原君の指先を甘く噛《か》むと、彼はゆっくりその指を抜き取って立ち上がった。

「昨日は本当にありがとうございました。あんまり長居しても迷惑だと思うので、僕、帰りますね」

その言葉に、そう、と相槌《あいづち》を打ちかけた私は、ガス台の鍋を見た。

「あのさ、もし良かったら昼食だけでも食べていく？　じつはたくさん作っちゃって」

途端に荻原君は簡単に前言を撤回して
「じゃあ、いただきます」

遠慮も迷いもない速さで、そう答えた。

台所のダイニングテーブルで、二人で向かい合って食事をしている間も、荻原君はよく喋った。あっさりしてますね、とか、人参《にんじん》は苦手なんですよ、などと他愛《たわい》のないことを次から次へと語り、私はそれらの言葉に適当に相槌を打ちながら、こっちが喋らなくても沈黙が続かないのは楽だな、と思った。

熱いコーヒーに顔を近付けたら眼鏡が曇ったので、シャツの袖《そで》でレンズを拭《ふ》くと
「コンタクトにしないんですか」

フォークの先をこちらに向けて、唐突に彼が尋ねた。

「似合わないって言われたことあるんだよね。コンタクトだったら」

すると彼はちょっと怪訝《けげん》な顔つきになって
「それ、普通、逆じゃないですか。眼鏡なんて付属品なんだから」

「ただでさえ薄い顔がさらにぼやけるから、みっともないって。まあ、前に付き合ってた人の台詞《せりふ》だけど。それに自分でもコンタクトは抵抗あるし。あと尖《とが》ったものの先を向けないでね。怖いから」

私は眼鏡を掛け直しながら言った。

荻原君はしばらく観察するように私の顔を眺めていたが、突然、思いついたように
「志麻先輩って、寝顔と起きてるときの顔が違いますね」

私はぎょっとして、パンを口に運ぶ手を止めた。

「そんなの知らないよ。ていうか、いつ私が寝てる顔を」

「今朝です。一度、目覚めたときに床を見たら、布団の中で志麻先輩とまだらが仲良くイビキかいてて可愛《かわい》かったですよ」

恥ずかしさで言葉を失った私をよそに、彼は平然と言い放った。

「部活やってたときは、もっと真面目《まじめ》で堅苦しい感じでしたよね。いつもまわりに気を遣って肩が強張《こわば》ってるっていうか。あ、黒胡椒《こしょう》を取ってもらってもいいですか。ちょっと味が薄いんで」

もしかしたら私は色々と勘違いをしていたのかもしれない。

「荻原君こそ、あの頃の印象とだいぶ違う。もっと気の弱い子だと思ってたけど」

「そりゃあ部活の男の中で一番下手だったら、強く出られるところなんかないじゃないですか。僕、志麻先輩が卒業してすぐに退部したし」

そう言われて、私は昨夜《ゆうべ》の唐突な告白を急に思い出してどきっとした。

「どうして、やめたの？」

「膝《ひざ》を壊したんですよね。あれだけ無茶な練習してれば当たり前ですけど。最近はだいぶ変わったみたいですけど、あの頃の先生ってまだ根性論優先なところがありましたよね」

なんだ、と私は肩の力をゆるめた。ほっとしたような、少しがっかりしたような、複雑な気分だった。

「そうね。私も理不尽だと思うことはあったな」

「根性論を振りかざす人って、理屈っぽかったり頭の良い人間に対して生理的な嫌《けん》悪《お》感《かん》がありますよね。だから僕、嫌われてたんだと思うんですよ」

その臆《おく》しない態度と生意気な言動なら嫌われて当たり前だ。べつにバスケ部の顧問に限ったことではない。

私は少し考え込んでから

「まあ、獣医さんになりたいんだったら、病気の説明や治療の話をすればいいんだから、日常の言動は関係ないか」

すると彼は急に真面目な顔になって、言った。

「知ってますか？　臨床獣医師って、法的にはサービス業にあたるんですよ」

へえ、と言って顔を上げた私に、荻原君は苦笑いして

「獣医が本当に相手にしてるのは人間。動物は物扱いなんですよ、法的には。だからね、動物を介して飼い主とコミュニケーションを取るのも重要な仕事なんです」

「なるほど」

と答えてから、私はちょっと間を置いて、訊いた。

「それならどうして荻原君は獣医になろうと思ったの？」

その問いに、荻原君は、一瞬だけ真顔で黙り込んだ。

「荻原君？」

「実家が、開業医なんですよ。だから」

私は、ふうん、と相槌を打って、意外と手堅い人だなあ、と思いながらパンを口に入れた。

食べ終わったお皿を片付けていると、手伝いますよ、と荻原君が布巾《ふきん》を手にして濡《ぬ》れた食器を拭き始めた。

悪い人じゃないのだろうけど、なんだか距離の取り方がずれている気がする。

「あの、単に私が覚えてないだけで、本当は当時、すごく私たちは仲が良かったってことはないよね」

彼は拭いたお皿をいったんダイニングテーブルの上に置きながら
「なによく分からないことを言ってるんですか」

と不思議そうに聞き返してきたので、私はすっかり無口になって洗い物を続けた。

洗い物が終わってお皿を片付けてしまうとすることがなくなり、仕方なく、もう一度お湯を沸かしてコーヒーを淹《い》れた。

雨は降っていても湿度は低く、少しだけ足下が冷たくて、電気ストーブをつけようか迷っていたら、先にコーヒーを飲み終えた荻原君が遠慮がちに、すみません、と口を開いた。

「ちょっと、また少し横になってきてもいいですか。軽く吐き気がぶり返してきたので」

どうぞ、と私はあわてて言った。そして暖簾をくぐって出て行く後ろ姿を見ながら、私の日常は昨日から一体どうしてしまったのだろうと考えていた。

しばらくしてから荻原君の様子を見に行くと、カーテンを閉じた部屋の中で、彼は仰向《あおむ》けに横たわったまま額に片手を置いて、ぼうっと天井を見上げていた。

私はちょっと動揺しながら、具合はどうですか、と声をかけた。

「大丈夫。横になってたら、もう楽になりました」

「良かったら、水、持ってこようか」

そう言ってドアから離れようとしたとき、彼が目を細めて、少し甘えるような声で言った。

「それより、もっとこっちに来てくれませんか」

少し迷ってから彼のほうを見ると、荻原君の表情にもかすかに緊張した気配が浮かんでいて、その顔を見たらなんだか急に親しみが湧《わ》いてきて、私はベッドに近付いていった。

私がベッドのそばに立つと、荻原君は少し困惑したように鼻を擦って
「いつもこんなふうに、気軽に家の中へ入れちゃうんですか」

その問いに、私は首を横に振った。

「いや。初めてだけど」

「僕、昨日、あなたに告白したでしょう。覚えてますか？」

私はびっくりして、訊き返した。

「だけどさっき、当時の私は真面目で堅苦しそうって」

「まあ、そりゃあそうなんですけど」

私は憮然《ぶぜん》として黙った。

「志麻先輩は、いま付き合ってる人とか、いないんですか」

いないよ、と言うと、荻原君は横たわったまま右手を伸ばして、私の左手の指先を軽く摑《つか》んだ。硬い関節がはっきりと分かる細くて器用そうな手だった。

私は絨毯《じゅうたん》の上にしゃがみ込んだ。

同時に、それまで鮮明だった景色がいきなり両目から剝《は》がれた。

一瞬だけ目をつむってからまた開くと、荻原君の左手には見覚えのある眼鏡が握られていた。

どのくらい見えますか、と彼は尋ねた。

近いものは大体見えるよ、と私は答えた。

「なんだ。そんなに見えるのか」

「もっと見えないと思ってた？」

部屋の中が薄暗いから、と呟《つぶや》いた表情は強張っていて、だけど彼の手は小さな卵を摑むように繊細で強引さがなく、その感触だけで、自分がとてもいいものになったような錯覚を覚えた。

荻原君は眼鏡をいったんサイドテーブルに置くと、最初は左手で私の頬に触れ、やがてそれは口元へと移り、急に唇の隙間《すきま》に親指が入り込んできた。動揺した私が反射的に噛んでしまうと、荻原君は声一つ上げずに親指を抜き取って、飼い猫そっくり、と笑った。

「志麻先輩、今なに考えてますか」

その問いに、私は少し考えてから
「猫は好き？」

と尋ねた。

彼は不思議そうに、猫がなんですか、と聞き返した。

「猫は好きかな、と思って」

好きですよ、と彼はあっさりと答えた。基本的に動物全般が好きですし。

「良かった」

と私はほっとして言った。

荻原君はしばらく無言で私の髪を撫《な》でていたが、やがていきなり顔を近付けると、キスをした。

浅い眠りから二人とも目を覚ましたとき、荻原君は薄暗い室内を見回しながら、帰りゃないとな、とふやけた声で呟いた。私は曖昧《あいまい》に頷《うなず》きながら、誰かと一緒に寝ると目覚ましもかけてないのに同時に目覚めるのはなぜだろう、とまったくべつのことを考えていた。

荻原君は心底だるそうにあくびをしてから、眠気に負けたように毛布を肩まで引き上げた。

荻原君とは軽く抱き合っただけだった。

「このまま一緒に寝ましょう」

と言うと、私がなにか言うより先に、彼は目を閉じたのだった。

私はその横顔を見ながら、昨夜の告白を思い出して本当だったら嬉《うれ》しいなと思いかけたけれど、荻原君にとってはただの昔話の延長だったら悲しいので、それ以上は考えるのをやめて目を閉じた。

夕方になると、荻原君はさすがに帰らなきゃならないと言って、私の貸してあげた真っ赤な傘を少し恥ずかしそうに差して、雨の中を帰っていった。

ドアを閉めて部屋に戻ると、急に空間が広くなったような気がした。洗濯機に荻原君の着ていた部屋着を他の洗濯物と一緒に放り込んで、スイッチを押した。洗濯が終わるまでの間、両腕と両脚を伸ばして絨毯の上に寝転がると、まだらがトコトコやって来て、私の顔の前で食後の臭い息を吐きながら、なわわ、と鳴いた。洗濯が終わると、私はビニール袋にまだ濡れている洗濯物を詰め、スプリングコートを羽織って家を出た。

見慣れた街は雨で視界が霞《かす》んで、雨に濡れた桜の枝の先から花びらが落ちて、ちぎり絵のように歩道に張り付いていた。今年は暖かいせいか桜の開花が早くて、世界は急激に色付き始めているのに、気持ちだけはまだ冬の終わりにたたずんでいた。

コインランドリーの汚いパイプ椅子《いす》に腰掛けて、組んだ足の片方をぶらぶらと揺らしながら乾燥機の中でぐるぐる廻るTシャツを見て、そういえば荻原君と連絡先すら交換しなかったことに気付いた。

ふいに誰かに見られている気がして、開け放たれたドアのほうを向くと、雨に打たれた歩道の中を一瞬だけ見覚えのある人影が横切った気がした。

私は揺らしていた足を止めて凍り付いたまま、しばらく身動きができなかった。


「志麻って意外と不用心だよね」

座布団《ざぶとん》を取られたまだらがにゃあにゃあ鳴いても、春野《はるの》ちゃんは意に介さない様子で発泡酒の缶を潰《つぶ》した。こうなると、彼女のきれいな長い髪もバーバリーブルーレーベルのチェックのワンピースもすべて無意味だ。

春野ちゃんは柿《かき》の種の袋に手を突っ込んで
「まあ、私みたいに二十三年間、一度も彼氏ができないよりは良いかも知れないけど」

ぽりぽりと無表情で柿の種を食べる彼女は男らしすぎて、私はまだらに、あきらめろ、という視線を送った。

「だけど、一応、後輩だし」

「何年も会ってなかった部活の後輩なんて、もうそれ、赤の他人じゃん」

「ですよね」

「でも、まあ、志麻もその子のことをちょっと良いなって思ったわけだ。付き合うの？」

私が黙って安い発泡酒を飲んでいると、彼女はあきれたように眉《まゆ》を寄せて
「付き合うつもりがないのに一緒のベッドで眠るってどうよ」

「いや、だけどべつにそういうことしてないし。それに私を好きだったっていうのが、そもそもなんかの間違いだと思う。中学のときの私って本当に地味で目立たなくて、べつにお洒落《しゃれ》でもなかったし」

「でも、そんなの大学のときだってそうだったし」

発泡酒を片手に言い切る春野ちゃんは可愛《かわい》いと言えなくもない顔立ちだけど、今にもスカートであぐらをかきそうな雰囲気があって少々あぶなっかしい。

「けど、もう三日も連絡がないから」

お互いに番号を知らないのに連絡がどうと言う筋合いもないのだが、そのことで私はすでに悲しい気持ちになりかけていた。

「その荻原君って、どんな人？」

彼女の質問に、私は酔った頭をいそいで回転させた。それから猫に優しかったよ」

「ちょっと理屈っぽいけど、マトモそうな感じ。それから猫に優しかったよ」


また馬鹿《ばか》にされるかと思ったのに、春野ちゃんはじっと私の顔を見つめると
「志麻がだいぶ元気になってて良かった」

そうかな、と私は言った。

「そうだよ。去年なんてしょっちゅう電話かけてきて、家にいられないから泊めてくれとか、自分がいきなり音信不通になったらすぐに警察に行ってくれとか、私は正直あんたが死ぬんじゃないかと思って怖かったんだからね。あんなことは二度とごめんだからね」

明け方近くまで一緒に飲んでいた春野ちゃんは、また翌日も友達と飲む約束があると言って始発の電車で帰っていった。

軽い二日酔いに悩まされながら昼過ぎまで着替えもせずにベッドの中にいると、枕元《まくらもと》に座り込んだまだらがじっとこちらを見下ろしていた。

その心配するような瞳《ひとみ》に、私が勝手に胸を打たれて柔らかい毛に包まれた体をぎゅっと抱きしめていると、ふいに玄関のほうでインターホンが鳴った。

あわてて服を脱ぎ捨てて、押し入れから引っ張り出したシャツワンピースのボタンを留めながら魚眼レンズを覗《のぞ》くと、そこに荻原君が立っていたので、私は驚いてドアを開けた。

彼は水色とクリーム色の横縞《よこじま》のTシャツに黒いジャケットを羽織り、小綺麗《こぎれい》なチノパンを穿《は》いて、片手に赤い傘を持って立っていた。まだ皺《しわ》の付いたワンピースを着ただけの私よりもよほどマトモな格好で、さすがに恥ずかしくなった。

「どうしたの？」

私はさりげなく片手で髪を直しながら、尋ねた。

「傘を返しに来ました」

ありがとう、と言って、私は赤い傘を受け取った。

「でも、それだけのためにわざわざ？」

すると彼は間髪を入れずに

「いえ。しばらく忙しかったから来られなかったんだけど、でもまた会いたかったから」

私が目を見開くと同時に、背中に両腕が伸びてきて抱きしめられた。

狭いソファーベッドの上で部屋着越しに抱き合っていたときからお互いの足の間で持て余した熱は伝わってきて、私は終わってからもしばらくその余韻から抜け出せずにいた。

日が暮れても荻原君が帰ると言い出さなかったので、二人で近所のスーパーマーケットまで夕飯の買い物へ出かけた。

野菜売り場で特売のキャベツを買おうか迷っていると、いつの間にか荻原君の姿がなかった。

しばらく店内をうろついていると、日用品が置いてある二階から、荻原君がレジ袋を片手に階段を下りてきた。

彼が手に持ったレジ袋を見ていると

「安かったんで、欲しいものをいくつか。あとガーゼも買ってきました」

と荻原君は言った。

「ガーゼ？」

「まだらの歯が汚れてるみたいだから歯磨きでもしようかと思って」

私はお礼を言ってから、外側まで葉のきれいな丸のままのキャベツを一つ摑んでカゴの中に入れた。

夕食の後、二人で台所に立って夕飯の片付けをしていると、黙ってお皿を拭《ふ》いていた荻原君が唐突に

「志麻先輩って、恋人ができると尽くすタイプですよね、きっと」

などと言い出したので、私はなかなか汚れの落ちない鍋《なべ》の底を擦《こす》りながら

「分かんない。私、男の人と付き合ったことって一回くらいしかないし」

「え？　じゃあ、今、僕が着てる部屋着はその人の」

「そんなわけないじゃん。それは実家の父が送りつけてきたの。防犯用にトランクスを干すだけは甘いって」

そう言うと、彼はなんだか不思議そうに訊いた。

「そんなの送ってもらう前に、恋人を作ろうとは思わなかったんですか？」

「一年中、道端に生えてる多年草じゃないんだから、欲しくなったときに簡単にできるものじゃないでしょう。こんなことを言うのは情けないけど、男の人に告白さ

れたのなんて小学校のとき以来で、それだけでちょっと嬉しかったんだから」

磨くというよりは削るようなタワシの音で、声が少し大きくなった。

荻原君はあっけらかんとした笑顔で言った。

「志麻先輩ってモテないんですね」

思わず洗剤まみれの手で生意気な口を塞《ふさ》いでやりたかったが、まあいいや、と思い直して鍋を洗い流した。紛れもない事実だ。

「志麻先輩は、あの夜、なんで僕のことを介抱してくれたんですか?」

「心根が美しいから」

「そういう冗談って恥ずかしくないですか」

私は憮然《ぶぜん》として彼を見た。よく見るとふてぶてしい顔なのに、一見爽《さわ》やかに見えるのはきっと子供みたいに白い柔肌のせいだ。髪に寝癖が付いていても顎《あご》にうっすら無精ヒゲが生えていても、もっさりした印象にならない。

せめて色白だったらなあ、と自分の頬に手を当てて考えていると、なんだか急に食後の煙草《たばこ》が吸いたくなった。

「ちょっと、屋上で新鮮な空気を吸ってくるから留守番してて」

そう告げて、私は結んでいた髪をほどき、棚の上の煙草とライターを掴《つか》んで台所を出た。

最後の一段を上がって真っ暗な屋上に出ると、灰色の手摺《てす》りの向こうには新宿副都心の明かりが輝いていた。

少し贅沢《ぜいたく》な気分になりながら煙草を出してライターで火を点《つ》けようとしたが、強風の中で炎は何度か灯《とも》っては消え、ようやく先端だけがほんのりと赤く染まったときには、親指が痛くなっていた。

煙を吐きながら、手摺りに寄りかかり、消えない光を見ていると、背後から階段を上がる足音が近付いてきた。

振り返ると、そこには荻原君が立っていた。

私の手元を見ながら、吸うタイプには見えなかったな、と彼は言った。

「前に付き合ってた人が、みっともないから女は人前で煙草を吸うなって。それにまだらも嫌がるし。それより外へ出るなら、私、戸締まりとか火の元とか」

だけど彼はまったく意に介していない様子で

「僕はそんなに心の狭い男じゃないです。というか、一応、気を遣って我慢してたんですよね」

彼が右の手のひらを突き出したので、私はまだ落ちつかない気持ちを抱えつつも、煙草とライターを取り出して渡した。

彼は口にくわえた煙草に易々《やすやす》と火を点けてから、最初の煙を吐き出した後に

「煙草って、吸ってる間はなにも考えずに休憩できるからいいですよね」

「そうだね。なあんにも考えなくて済む」

止まっていたり早かったりしていた時間が、闇夜《やみよ》に漂う煙にゆるく伸ばされていく。

「これを吸い終わったら、風呂《ふろ》、借りてもいいですか？　昨日もシャワーだけだったから」

「いいよ」

「光熱費もったいないから、一緒に入りましょうよ」

私はぎょっとして、彼を見た。

「ほら、そのほうが節約できるし」

「やだ。そんなの」

私は断固として首を横に振り、荻原君はまるで扱いづらい子供を見るような目をした。

「志麻先輩って」

「なに」

「本当にろくに男と付き合ったことないんですね」

「あんた、本当にデリカシーのない男だね」

乱暴な言い方の奥に言い当てられた弱さが滲《にじ》んでしまい、負けを認めた気がした。

「そういう荻原君はどうなの、すごい自然に家に居着いてるけど」

「僕は、てっきり始まりってこういうものなのかと思って」

そんなことはないと言いかけたが、もしかしたら案外、そういうものかも知れないとも思った。一般論を口にできるほどには私も経験がない。

「でも、私と違ってモテそうだけど」

「そりゃあ志麻先輩よりはモテると思いますけど、付き合い始めると、なんかうまくいかなくて」

その無神経な言動が元凶だと即座に悟ったが、あえて黙っていた。すっかり体内の酸素が薄くなった体で、もう一度、夜景を見ながら息を吐くと、ぐらっと景色が揺れるほどのめまいがした。

荻原君はＮＨＫが好きだ。とくに人生でまだ一回くらいしか名前を聞いたことがない島に生息する動物の特集とか、そういう壮大で地味な番組を好んでよく見ている。そして時々、自分が本で読んだり知っていることを、となりにいる私に教えてくれた。

毎週楽しみにしているという番組を見終えてテレビを消すと、荻原君が、ちょっと調べものをしたいと言い出したので、ノートパソコンを貸してあげた。

淹《い》れ立ての紅茶のカップを渡すときに一瞬だけ画面が見えて、それは横浜市内にある動物園のホームページだった。

「なにを見てるの？」

私はパソコンデスクの脇《わき》に立ったまま、紅茶を飲みながら尋ねた。

「飼育係の人が園内の様子を日記につけてるから、いつもチェックしてるんですよ」

「動物園って、働いてる人はみんな獣医さんなの？」

「いや、園内の動物病院に勤めるなら獣医じゃないとだめだけど、飼育係はそうじゃなくても。だけど定期的に人を募集してるわけじゃなくて、どこも欠員待ちで倍率が高いから、最近はあったほうがいいって聞きますけどね」

「荻原君は、最初から実家の動物病院を継いで獣医になるって決めてたの？」

「違いますよ」

即答だったので、私はちょっと驚いて

「じゃあ、ほかになりたいものがあったとか」

彼は振り返って、上目遣いにこちらを見ながら

「志麻先輩が子供の頃になりたかった職業って、なんですか」

その質問に、私は唇の両端をぎゅっと引っ張った。

「たしか、小学校の卒業文集にはピアニストになりたいって書いたよ」

「へえ。何歳の頃から習ってたんですか？」

「習ってない。どうして自分がピアニストになりたかったか今でも謎《なぞ》だね」

「……はあ」

荻原君は困惑したように紅茶をすすると、甘い、と特に肯定も否定もしない感じで呟《つぶや》いてから

「ああ、ケーキ食べたい。いま急にケーキが食べたくなった」

唐突にそんなことを言い出した。

そして彼はパソコンを閉じて立ち上がると、黒いジャケットを羽織って

「どこか食べに行きましょうよ」

と言った。

「それなら近所に深夜までやってる喫茶店があるよ。チーズケーキが美味《おい》しい店で」

途端に、チーズケーキっ、と叫んで荻原君は部屋を出ていった。私は一瞬だけ迷ってから、スプリングコートを摑んで彼の後を追った。

外へ出ると、春の闇は柔らかくて、どこまでも駆けていけそうな感じがした。

人通りのない夜道を並んで歩いていたとき、小刻みの足音を立てていた荻原君が、ちょっと立ち止まって

「手でもつないで歩きますか」

そう言って差し出された手に、私は突然、緊張してしまった。

コートのポケットに押し込んでいた右手を出して軽く添えると、彼が少し強く力を込めて、それは薄暗い部屋で服を脱いでたわむれるよりもずっと気恥ずかしくて、だけど体の底から瑞々《みずみず》しい喜びが溢《あふ》れてくるのを感じた。

手をつないだまま顔を上げた私は、うわ、と心の中で叫び声をあげた。手をつないだだけで、かすかな風も、そこに含まれた沈丁花《じんちょうげ》の匂《にお》いも、夜の闇をかき乱す桜の花びらも、すべてが眩《まぶ》しくて、数秒前とはまるで違う世界を見ているみたいだった。

「ああ、なんか今カップルっぽい。いいですね」

荻原君がそう言って、お互いが同じことを考えていたことを知った。

「ケーキ、楽しみだな。喫茶店でケーキとか、男だけだったら頼みづらいから」

「甘いもの、好きなの？」

と私は尋ねた。

「わりと。志麻先輩はそうでもないですか？」

「うーん。辛いもののほうが好きかも。だけど、その店のチーズケーキは甘すぎなくて好き。ブルーベリーのソースがけっこう酸《す》っぱくて、粒が残ってるのがいかにも手作りの味がして」

「そういうの、女同士だと気軽に誘って食べに行ったりできるからいいですね」

荻原君の言葉に頷《うなず》きながら、喫茶店のある通りに出て、遠目から煉瓦《れんが》造りの外壁を見つけると私は急に不安になってきた。

「あの、荻原君、やっぱりやめない？」

「なんで？」

彼はきょとんとして聞き返した。

「いや、あの、その店は前によく」

言いかけて口をつぐむと、荻原君は横目でこちらを見てから
「前に付き合ってた人のこと、まだ好きなんですか？」

達観するように笑った顔が消えてしまう前に、私は口を開いた。

「そうじゃなくて、たしかに付き合ってた人とはよく行ってた店だけど、もう二度と会いたくないから」

彼は、そういうことか、となんだか嬉《うれ》しそうに笑って
「大丈夫ですよ。もし鉢合わせしたって僕が蠅《はえ》のように追い払いますよ」

私はあんまり大きくない彼の身長を確かめてから、それでも笑って
「じゃあ、よろしくお願いします」

と答えた。

ひさしぶりに入った店内には年配のお客さんが二人しかいなかった。コーヒーの香りが漂うカウンターで文庫本を読んでいるおじさんの後ろ姿を見ながら、私たちは奥の席についた。

チーズケーキが運ばれてくると、荻原君はさっそくフォークでブルーベリーソースがたくさんかかったところを切り分けて、口に運んだ。

「たしかに美味《うま》い。チーズもだけど、底が立派なタルトじゃなくて、ビスケットみたいなのを砕いたやつなのがいい。実家のケーキぽいですね」

その言葉に、私も頷いた。

「そうだね。母親が年に一回くらい作ってくれるケーキをうんと美味しくした感じ」

「ははは。志麻先輩のお母さん、お菓子作り、下手なんですね」

身内をけなされるとなんだか自分の面子《メンツ》まで傷つけられた気がしたが、彼の無邪気な笑顔を見ていると、すぐに、まあいいか、という気分になった。

「それにしても、志麻先輩の家にいると、いつも猫がべったりだから、なんだか初めてキチンと二人になった気がしますね」

その言葉に、私はカップから顔を上げて、一瞬だけ店の扉のほうを見た。

「どうしたんですか？」

「なんでもない。それより、そういうのって荻原君は嫌かな」

「全然。居心地いいですよ。和みすぎて、ずうずうしくなりそうな自分が怖いです」

本当は、荻原君に聞きたいことはたくさんあった。どうして中学時代に私を好きだったのか。そして今はどう思っているのか。大学のことや友達のこと。過去の恋愛のこと。

彼のケーキ皿はいつの間にか空になっていて、丁寧に折りたたまれたケーキの銀紙を見たとき、食べ方がきれいな男の人っていいなあ、としみじみ感じた。そんなことを思っただけで胸が温かくなってきて、私は自分が彼のことを好きになりかけていることに気付いた。

もう二人の間で半ば冗談になっていた、一緒に風呂に入りましょうよ、という台詞《せりふ》を荻原君が口にしたとき

「いいよ。背中でも流すよ」

私がテレビのチャンネルを換えながら言うと、彼はびっくりしたように

「どうしたんですか。もしかして僕が知らない間に体の一部をいじって」

「その程度で堂々とさらせる素材じゃないよ」

彼がフォローせずに笑ったので、私は少し気分を害した。

浴室の中は湯気が立ちこめて視界が悪く、彼よりも先にお湯に浸《つ》かって浴槽の縁に顎《あご》をのせると、想像していたよりもずっと気楽で、退屈な入浴中に話す相手がいるのはけっこう楽しかった。

荻原君が先に髪を洗って、両手で濡《ぬ》れた前髪を掻《か》き上げると、狭い額と形の良い眉《まゆ》が見えて目鼻立ちまでよりはっきりとした気がした。

彼が片足ずつ湯船に入れるとお湯がゆっくりと増えて、最後に溢れるのが落ち着くのを待ってから、私は荻原君の額に手を当てた。

あ、と小声で呟くと、彼は、え、と聞き返した。

「前髪、短いほうがいいかも」

じゃあ切ろうかな、と呟いた声が溶けるように浴室に広がった。

荻原君は軽く目を細めると、まるで耳を澄ませるようにして黙り込んだ後で

「そういえば、まだらっていつも志麻先輩のあとをついてくるのに、浴室には絶対に近付かないですね。やっぱり水は怖いのかな」

そう言われて、一瞬、お湯が跳ねて反響する音が猫の鳴き声に聞こえた気がした。

「そうだね」

「だけど本当にあの猫は人懐《ひとなつ》っこいですね。志麻先輩の面倒見が良いせいかな。先輩って朝練の前とかも、後輩の練習に付き合ってあげてたし」

そんな私をこの子は好きだったのだろうか、と思うと嬉しさよりも不思議さが先立った。

「今朝、ひさしぶりに部活の夢を見ましたよ。僕がシュート外して叱《しか》られてると、

大人になった志麻先輩が、なぜかおしるこを作って持ってきてくれました」

分かりやすいにも程がある。フロイトもがっかりだ。

「今度、おしるこ、作ろうか？」

「マジで？　じゃあ餅《もち》じゃなくて白玉のやつが食べたい」

私は笑いながらお湯の中に沈んだ自分の体を見た。白濁したお湯の底ではすべての肌が曖昧《あいまい》に美しく映える。

「志麻先輩は、なんか夢、見ましたか」

見たよ、と自分の肩にお湯をかけながら答えた。

「ひさしぶりに実家に帰って父親と喋《しゃべ》ってるんだけど、ハゲてたはずの髪がなぜかふさふさで、そのせいでしばらく父親だって気付かない夢」

荻原君は吹き出した。

「なんですか、その夢は」

「分かんない。それで、他人だって思ってるから、聞かせたくなかった話までしちゃって、悲しそうな顔をされるの。それが親不孝で嫌だった」

「親に聞かせたくない話って、なんですか」

「いや、そりゃあ色々あるでしょう」

そんなふうに喋っていたら、顔に浮かんでいた汗がまぶたを伝って目の中にまで流れ込んできた。

「お風呂《ふろ》、熱いですね」

荻原君が低い声で呟いた。

「もう出ようか」

そう言って彼に背を向けて立ち上がると、すぐに彼に背後から抱き寄せられた。

壁の青いタイルに手をつくと、霞《かす》んだ視界が真っ青に染まり、お湯に浸かった膝《ひざ》下《した》は捕まったように動けなくなった。濡れた肌の擦《こす》れる音が響いて、そこに猫の鳴き声が重なると急激に胸が苦しくなってぎゅっと目をつむった。あのとき、浴室から響いてきたまだらの異様な鳴き声が今でも耳に残っている。ただ感情をぶつけるためだけに怒鳴った声も。

闇《やみ》の中にシャワーの噴き出す激しい音が聞こえてくるようで、だけど実際はお湯の表面が揺れて、時折、跳ねる音だけが静かに響いていた。

翌朝、目が覚めると、荻原君はもう起きて、壁に寄りかかって雑誌を読んでいた。

私がおそらく呆《ほう》けた顔でのっそりベッドから起きると、彼は顔を上げて
「おはようございます。まだらにご飯、あげておきましたから」

ありがとう、と目を擦りながら私は言った。

「うう、お腹《なか》痛い」

「具合でも悪いんですか」

荻原君が、まるで高熱を出した子供を心配するような口調で尋ねた。

「いや、単純に、じつは昨日の深夜からなっちゃったみたいで。たぶん慣れないことをしたので体がびっくりしたのかも」

「じゃあ、お腹は空いてないですか？　もうお昼近いけど」

「いや、べつに食欲はあるから大丈夫。なにか作ろうか」

彼は雑誌を閉じて、床に置くと
「たまには僕が作りますよ。ごちそうになりっぱなしだし。志麻先輩は部屋でくつろいでて下さい」

そしてびっくりしている私を残し、彼は部屋を出ていった。

彼が準備をしている間、私はベッドに仰向《あおむ》けになって、窓から降り注ぐ日差しに目を細めていた。空中に浮かんだ埃《ほこり》さえ、窓ガラス越しに映った青空を背景にすれば、なにかべつの美しい光に見えた。

料理の完成を告げられて食卓へ行くと、テーブルの上には、冷やしうどんが二人分、用意されていた。

うどんを啜《すす》った私は、うん、と頷いて

「すっきりしてて、いいね。すごく美味《おい》しい。荻原君って、料理、上手だったんだね」

そんな感想を漏らしたら、彼は少し意外そうな顔で

「そうですか？　うち、母親は動物看護師でいつも病院にいたから、よく自分でご飯とか作ってたんですけどね。適当に本とか見て作るだけだから、味に関してはよく分からなくて」

「いや、上手だよ。生卵がおいしい」

うどんの真ん中には茹《ゆ》でた豚肉と卵黄が盛られていて、淡泊な豚肉が箸《はし》で崩した黄身と絡《から》んで美味しかった。

「けど、たしかにちゃっちゃっと作れるものだったら、わりと得意かも知れない」

「まさかご飯を作ってもらえると思わなかったので嬉《うれ》しい」

私が笑うと、荻原君は驚いたように箸を止めて、それから目を細めた。

「どうしたの？」

「いや、志麻先輩がそんなふうに嬉しそうに笑ってるところ、初めて見た気がして。自分からなんかしてあげて喜んでもらうのっていいですね」

ゆるく微笑《ほほえ》んだ顔がやけに幼くて、私は急激に胸が苦しくなった。

荻原君、と私は言った。

「ちょっと話があるんだけど」

すると彼は笑顔のまま、首を横に振った。

「話なんて食べてからにしましょうよ。今は食事の」

「けど、前から言おうと思ってたことで」

志麻先輩、と彼はおだやかな笑顔のまま、私の目をまっすぐに見た。

「やっぱり僕のこと、好きになれませんでしたか？」

その言葉に、私は箸を止めて黙り込んだ。

「最初に部屋に上がり込んだ勢いで、ずっと居座って、付き合ってるマネしてたけど、志麻先輩は一度も好きだとか、付き合おうとか言わなかったから。いつ切り出されるのかと思ってたんですよ」

だって、と私は口を開いた。

「そんなの荻原君だって言わなかった」

「僕はだって、最初に言ったじゃないですか。ずっと好きだったって」

「だから、それが分からないんだよ。べつに特別、仲が良かったわけじゃないし、それに荻原君はむしろ私にわりと素っ気なかったよ」

すると彼は、そうですね、と正直に同意した。

「僕、たぶん最初の頃は志麻先輩のことがよく分からなかったんですよ」

「やっぱり。そうじゃないかって思ってたから」

と私は息を吐いた。

そういうことにはあんまり昔からこだわらない性質だから気にしていなかったけど、好きだったと言われたときに困惑したのはそのためだった。

「志麻先輩、部活の後でほかの先輩たちにファミレスとかマックとかに誘われると、かならず最後まで付き合いましたよね。だけど一度、二人きりになったときに僕に、一日中気を遣ってると疲れるねって言ったこと、覚えてないでしょう」

覚えてない、と私は答えた。

「あのとき僕は、それなら気なんて遣わなきゃいいのにっ、て正直思って」

「それなら、どうして」

と私は訊《き》いた。

彼はお皿の上に箸を置くと、すがるような目で私を見た。

「仔猫《こねこ》のこと、覚えてないですか？　あのときの志麻先輩を見たから、僕はべつに興味もなかった実家の動物病院を継ごうって初めて本気で思ったんですよ」

そう言われて私はようやく、彼が口にする仔猫のことを思い出した。

寒い冬の朝だった。校庭の水道のところに溜《た》まった水は凍り付いて、雑巾《ぞうきん》をすすぎに行ったついでにふざけて石を落とすと、気持ちの良い音を立てて割れた。きっちり絞った雑巾を片手に体育館へ戻ろうとしたとき、校庭の桜の樹《き》のほうに黒い群れが浮いているのが見えた。じっと目をこらすと、それは繁みの上の木の枝に止まった数羽のカラスだった。ちょうど雑巾を洗いにやってきた荻原君に声をかけて、一緒にそちらへ近付いていったら、鋭い枝が何重にも重なった繁《しげ》みの奥で鳴いている、かぼそい声が聞こえてきたのだ。

「覚えてるよ。二人で落ちてた石とか拾って、カラスに投げつけて追い払ったことでしょう」

それだけじゃないです、と彼は言った。

「その後、仔猫が繁みから逃げることもせずに震えて鳴いてたんです。そうしたら先輩、おびき寄せて保護するから給食室から牛乳をもらってこいって。ただ、もらって来たのはいいけどすごく冷たくて、寒い季節だから下手に冷たいものをあげたら猫の体に良くないって僕が言ったんですよ」

「そう、だった気もする」

仔猫に集中していたせいか、当時の自分の行動の記憶はいまいちおぼろげだった。

「そうしたら先輩が、そっか、て言って突然フタを外して自分の手に牛乳をかけたんですよ。それで息と体温で温めてから、仔猫のほうに手を差し出したんです」

今度ははっきりと思い出した。赤くかじかんだ指先に広がった白い液体が、地面に落ちて、すぐに染《し》み込んでいった。息をかける顔に手を近付けると、鼻に残る濃い匂《にお》いがした。

「僕は子供の頃から、動物を飼ってる人たちのことを直接や間接的に聞いて、そういう人たちがべつに聖人じゃないことを知っていました。長年飼ってた犬が重病にかかったらすぐに安楽死を希望したり、毒性のある植物を無頓着《むとんちゃく》に室内に置いてたり。海外出張が多い仕事だからって長期にわたって院内のペットホテルに猫を預けに来る人もいる。もちろん個々に事情があるだろうし、不眠不休でがんばる父親のことは尊敬していましたけど、動物好きだって言うわりにはそんなふうに思えない飼い主が多いのも事実だから、僕は無理だと思ってたんです」

私はもうなにも言わずに彼の言葉を聞いていた。

「けど、あのとき、志麻先輩が、なんの迷いもなく繁みに牛乳まみれの手を突っ込んで、僕はびっくりしたんです。かっこよかった。見ているだけでなにもできない自分が恥ずかしかった。この人は、自分が良く思われたいからとかじゃなく、真っすぐに優しいんだって。あの日から、僕は志麻先輩のことをずっと忘れずにいましたよ」

「荻原君」

「はい」

ありがとう、と私は呟《つぶや》いた。

「僕の言いたかったことはこれで全部です」

「荻原君」

「はい」

「私は、本当は、今でも少し怖いんだよ」

え、と彼が不思議そうな顔で聞き返した。

「私が前に付き合ってた人はね、ちょっと情緒不安定で、少しの間だけ半同棲《どうせい》してたんだけど、猫が嫌いだったの」

「それは動物全般が嫌いだったってことですか？」

と彼が尋ねた。

「ううん、猫だけ。犬は好きだって言ってた。寂しがり屋で独占欲の強い人だったから、たまに私が猫にかまけて話を聞き流すと本気で怒ったし」

思い出すとかすかに呼吸が荒くなった。喋《しゃべ》ろうとするだけで今でも鼓動が速くなるのは、当時に感じた恐怖と共に、自分を責める気持ちが働くからだ。

「私がバイトから帰ったら、マンションの廊下までヒステリックな怒鳴り声が聞こえてきて、ドアを開けたら玄関の靴箱の脇《わき》でまだらが震えてたの。彼は、大事な仕事の書類をぐちゃぐちゃにされたから怒鳴ったって言ったけど。それが、怖いと感じた最初だった」

「それが別れたきっかけですか?」

私は首を振った。

「シャワーが」

「え?」

「シャワーの音が聞こえたの。女友達と会ってて遅くなった夜、ドアを開けたら部屋の中は真っ暗で、いつも玄関に出迎えてくれるまだらがいなくて、だけど浴室のほうからシャワーの音と、わあわあ狂ったように鳴く猫の声が聞こえて」

あのとき浴室の磨《す》りガラスは湯気で曇っていなかった。

浴室のドアを開けたとき、中からびしょ濡《ぬ》れのまだらが飛び出してきた。手の甲に飛んだ水滴はひどく冷たくて、まだらはまっしぐらに玄関まで駆けていった。それを追いかけるようにズボンとシャツの袖《そで》をまくり上げた彼が怒鳴りながら飛び出してきて、私は反射的に彼の服の裾《すそ》を掴《つか》んだ。

「振り返った彼は、混乱しててよく分からなかったけど、何度も電話したのに私の携帯が圏外だったことを怒ってるみたいだった。地下のお店にいた後ですぐに地下鉄に乗ったんだって説明しても浮気してたんだろうって。もともと猫なんか嫌いなんだって。途中で両腕を掴まれて壁に後頭部を打って、その直後に首に手をかけられたときは、殺されるかと思った」

もう荻原君はなにも言わなかった。

「だけど、今から思えばそんな度胸はなかったんだよね。だから猫にぶつけたんだと思う。愛情が少しでも分散するのが許せなくて。首だってすぐに手を離して。だけど彼が玄関のほうへ行ったから、とっさに駆けていってドアを開けたの」

廊下を一目散に駆けていくまだらは、私の知っている呑気《のんき》な家猫ではなかった。危険にさらされた動物の本能が開かれて、べったりと濡れた毛は一瞬のうちに闇夜《やみよ》に消えた。

そして彼が呼び止める声を振り切って、私も靴下一枚履いただけの足で逃走した。

「マンションの外に出たら、まだらは路上の隅っこで震えてたから、抱き上げてタクシーに飛び乗って、友達の家に逃げた」

「志麻先輩」

「何度も電話がかかってきて見捨てないでくれって言われて、その言い方がまるで母親にすがる子供みたいだったから、直接聞いたことはなかったけど多分そういう目にあったことがある人だったのかもしれない。何度も話し合って、ようやく出ていってもらったんだ」

「だから、二度と会いたくないんですね」

私は頷《うなず》いた。

「彼のそういう部分に気付いてなんとか出来なかったのは、付き合った私にも責任があると思う。だけど、あんなふうに小さな生き物に一方的に感情をぶつける人の気持ちは、私には多分、一生分からない」

私は少しだけ残っていたうどんをすすってから、両手を合わせて、ごちそうさまでした、と言った。

「美味しかった。ありがとう」

志麻先輩、とはっきりした声で荻原君は言った。

「僕たち、ちゃんと付き合いましょう」

私はしばらく黙り込んでいた。もう言えることはぜんぶ言った。それでも最後に一つだけ、言い残したことがあった。

「一つだけ、お願いがあるの」

まだ仔猫で野良《のら》だったまだらに初めて食事をあげたとき、途端に無防備になった背中と旺盛《おうせい》な食欲に圧倒された。ずっとそばにいて食事をあげたり抱いたり一緒に寝たりしたいと思った。それは保護するという動物愛護の精神よりも、もっと傲慢《ごうまん》で強い欲望だった。その欲望に巻き込んだ日から私には守るべきものがあり、もう二度とそれを破りたくなかった。

「まだらを、愛してあげて」

「お願いって、それだけですか」

うん、と私は短く頷いた。

荻原君はゆっくりと息を吐くと
「志麻先輩。僕はね、ただ動物の病気を治療してお金をもらうだけじゃなく、良くない飼い主には間違ってるってはっきり言って正しい指導をして、それで気分を害した人がいても、それは仕方ない。ただ僕はそういう獣医になろうって理想があるんです。それもまた傲慢かもしれないけど、あなたと猫を助けたときに僕はそう決めたんです」

それなら、もう忘れ始めてもいいのだろうか。

すごく悲しかったことを。

そして口に出してもいいのだろうか。

言いたかったことを。

「私は、荻原君のことが好きだよ」

あとがき

表題作の『大きな熊が来る前に、おやすみ。』は、書いてから数年経《た》った今も、まだ生ものだという想《おも》いが濃く滲《にじ》む作品です。『クロコダイルの午睡』『猫と君のとなり』も、他人はどうやっても他人だということが、良くも悪くも浮き彫りになっている短編ではないかと思います。

なぜ人は時として、つらくて苦しいことに自ら飛び込んでしまうのでしょうか。

私自身も未《いま》だにはっきりとした答えは得られません。

ただ、見ないふりをしているかぎり暗闇《くらやみ》はずっとそこにあって、一度は光の中に引っ張り出されなければ何度でも引きずり込まれてしまう。そんな思いに駆られて、当時、これらの短編を書きました。

感情はもしかしたら美しくないもののほうが圧倒的に多くて、それでも見つめ続けることで、いつかは大きな熊に怯《おび》えることのない日が来ればいいと思います。

ところどころ重さのある短編集を素敵な絵で包み込んでくださった酒井駒子さん、くじけそうになったときにたくさん励ましていただいた新潮社の方々、あらためてお礼を申し上げます、ありがとうございました。

この本が初めての出会いになる読者の皆様、何度目かの再会になる読者の皆様、本書を手に取って下さって本当にありがとうございます。

似通っているようで読後感はそれぞれ異なった三編、どれか一つでもあなたの心に必要な欠片《かけら》を残せたなら幸いです。

ではまた、次の本でお会いできる日まで。

二〇一〇年一月六日

島本理生

心の片隅の、大きな熊。

松永美穂

やさしい子守歌のような表題がついた、静かな短編集である。静かというのは「退屈」という意味でも「何も起こらない」というのでもなく、激しさを内に秘め、鋭く張り詰めた状態のように思える。表面は穏やかだけれど、底深い湖水のような。収められた三つの短編には、いくつかの共通点がある。タイトルにはどれも動物が入っていて、それぞれ作品のなかで重要な意味が与えられている。主人公は都会に住む、二〇代前半と思われる若い女性たち。みなしっかりと生きているのだけれど、容易に口に出すことのできない「傷」を抱えている。そんな生活が男性の闖入《ちんにゅう》によってかき乱され、心は波立ち、そして……。

孤独で繊細で、甘えるのが下手。島本理生が描く女性たちには、そんな共通点も見受けられる。『シルエット』や『リトル・バイ・リトル』、『生まれる森』や『ナラタージュ』の主人公たちにも当てはまるのではないだろうか。傷ついた過去があるからこそ、他人の弱さにも敏感で、普段は控え目で目立たないのに、誰かが苦しんでいると、大胆に手を差し伸べようとする。そうしたからといってすぐに問題が解決するわけではないし、安易な「救い」や「癒《いや》し」が約束されるわけではない。でも、苦しむ人への共感のまなざしは、いつも確実に、そこにあり、それが島本理生の本を手に取る多くの読者の共感にもつながっているように思う。

本書の短編はどれも、「愛」と呼んでしまうにはまだあまりにも脆《もろ》く不確かな男女の関係性を中心に描いているのだが、一方で「暴力」の問題を共通のテーマとしている。恋人によるＤＶや、子どもに対する親の虐待《ぎゃくたい》。身近な人からの暴力であるだけに、精神的なダメージも深い。「大きな熊が来る前に、おやすみ。」の主人公珠実は、父親から受けた暴力の記憶に揺さぶられながら、同居する徹平のたった一回の暴力にも、同じ種類の不安を感じざるを得ない。しかしその徹平も、幼いころ、障害を持った弟に対して家族がふるっていた暴力の記憶に苛《さいな》まれている。よく暴れていた弟のことを、「子どもが暴れるのは、泣くのは、自分の気持ちが通じなくて、だけど伝えたいと思うからなんだな」と、長い時間を経てようやく理解する徹平。ただ、自分の気持ちを言葉でうまく伝えられないのは、子どもだけではないだろう。徹平自身も突発的に暴力をふるってしまうし、死んだ弟のことを珠実にきちんと話すまでに、かなりの時間を必要としている。相手を信頼し、自分をさらけ出すのは、それほど容易なことではないのだ。

「猫と君のとなり」の主人公志麻が以前つき合っていた男も、自分のやり場のない気持ちを暴力に変えてしまう人間だった。その彼にも、子ども時代に親から虐待された経験があるのではないかと、志麻は後になって推測している。そういえば、『ナラタージュ』の小野くんも、独占欲や猜疑《さいぎ》心《しん》が強く、突然乱暴になってしまう不安定さを持っていた。島本作品には、こんなふうに相手を追い詰めてしまう男たちがよく出てくる。本書の二番目の短編「クロコダイルの午睡」の都築くんも、身体的な暴力ではないけれど、無神経な言葉によって相手を傷つけている。そのことで鬱憤《うっぷん》を募らせる霧島さんがとる行動も、間違えば殺人になりかねないくらいのすごい暴力だ。そう、暴力は男性が女性にふるうとは限らない。加害者と被害者の関係はそんなに単純ではないし、被害者が加害者になることも少なくないのだ。そうした暴力の背景にある、たくさんの細かな気持ち（たとえば霧島さんの子どものころからの苦労、コンプレックス、何不自由なく育った人間への苛立《いらだ》ち、異性としてかすかに感じていた好意を踏みにじられる屈辱感など）が丁寧にすくい上げられ、きっちりと描写されている。端正な文章と、細やかに構築された登場人物たちのやりとりのリアルさは、まさに島本理生の真骨頂といえるだろう。

未熟な感じの、大人になりきれていない男性キャラが多いなかで、「猫と君のとなり」の荻原くんは、爽《さわ》やかさとやさしさが際立《きわだ》っている。『リトル・バイ・リトル』の周くんも、主人公より年下ながらしっかりとしていて礼儀正しく、頼もしい男性だったが、荻原くんも志麻の後輩でありながら安定感抜群だ。子どもを傷つけたり、育児を放り出したりするダメな親たちが島本作品にはたくさん登場するし、訳ありで主人公を引っ張り回す年上の男性もしばしば出てくるけれど、その一方で、はっとするような思いやりを示してくれる温かい人たちの存在が光っている。

この短編集のもう一つの特徴として、若々しいなかにも生活感が溢《あふ》れていることが挙げられると思う。目につくのは、主人公たちがとてもしっかりと自炊していることだ。きちんと食事を作って、きちんと食べるという、日常生活の基本みたいなところが大切にされていて、地に足のついた堅実な生活だなあと、感心してしまう。「大きな熊…」の珠実が作る休日の昼食や、公園に行くときのサンドイッチのお弁当。シンプルだけれど、丁寧に心を込めて調理している感じが伝わってくる。(この、シンプルだけれど、丁寧に心を込めて、というのが、料理だけでなく、この本の文章の書き方にも当てはまると思うのは、わたしだけだろうか。)「クロコダイル…」の霧島さんが作るちゃんこ鍋やスパゲッティーは、味にうるさい都築くんをも「美味《うま》い」とうならせる。「猫…」で荻原くんが作ってくれる冷やしうどんには、生卵と茹《ゆ》でた豚肉が載っていて、読んでいるだけでも食欲をそそられてしまう。しかも、この冷やしうどんを食べている最中に、二人の関係を決定的に変える会話が行われる。忙しい男女が一息入れて向き合う食事の場面は、お互いの素直な気持ちがふと垣間《かいま》見《み》える瞬間でもある。「おやすみ」とか「午睡」といった言葉がタイトルに入っているように、食べることと並んで睡眠も重要なキーワードになっている。眠りも生活の基本だけれど、同時にとても個人的なことだ。他人の家でごろごろ昼寝する都築くんの姿は、彼の無神経さをよく表しているし、酔っぱらった荻原くんを自分のベッドで寝かせてあげる志麻の姿には、かつて弱っている子猫に示したのと同じやさしさが溢れている。その志麻の寝顔を、二日酔いの荻原くんがちゃっかりと見て「可愛《かわ》い」と思っている。珠実が語る、眠るのがいやだった子どものころ。父親に聞かされた「大きな熊」が怖かっただけでなく、父親が「大きな熊」に食べられてしまえばいいと思っていた。そうした不安や憎しみに惑わされず、安心して眠れるときが来るとすれば、ささやかだけれど、とても大切な幸せだ。

喧噪《けんそう》からは遠い、都会の室内劇。似たような場面が、人物の名前を変えてロンドンやニューヨークで繰り広げられているとしてもおかしくない。若い男女の気持ちの接近やすれ違いは普遍的なテーマだし、暴力によるトラウマの問題も、世界共通だろう。静かだけれどとても奥行きのある短編を書いている、アリス・マンローやジュンパ・ラヒリ、ドイツ語圏のユーディット・ヘルマンやインゲボルク・バッハマンなどの、文学の名手たちの名前が浮かんでくる。島本作品も、そんな名手たちの系譜に連なる資質を備えているのではないだろうか。

折しも、雑誌「文藝」が二〇一〇年春号で島本理生特集を組み、新作「あられもない祈り」が発表された。「あられもない祈り」は、これまでの作品とはやや趣を異にする、濃密に絡《から》み合うような文体で書かれている。情念の重さをそのまま注ぎ込んでいくようなスタイルは、すでに自分の世界を確立したように見えるこの作家が、さらに新しい境地を目指して進化の途中であることを示している。『ナラタージュ』を読んだとき、その完成度の高さに衝撃を受けたものだったけれど、徹頭徹尾書くことに自覚的なこの作家が、これからまだ何度も脱皮を経験し、文学の世界に新たな衝撃を与えることは、間違いなさそうだ。島本理生の主要作品を再読し、その確信を、さらに強められつつある。

（二〇一〇年一月、早稲田大学教授、翻訳家）

この作品は二〇〇七年三月新潮社より刊行された。

阿川佐和子・角田光代
沢村凜・柴田よしき
谷村志穂・乃南アサ 著
松尾由美・三浦しをん

最後の恋
―つまり、自分史上最高の恋。―

8人の女性作家が繰り広げる「最後の恋」をテーマにした競演。経験してきたすべての恋を肯定したくなるような珠玉のアンソロジー。

朝井リョウ・伊坂幸太郎
石田衣良・荻原浩 著
越谷オサム・白石一文
橋本紡

最後の恋 MEN'S
―つまり、自分史上最高の恋。―

ベストセラー『最後の恋』に男性作家だけのスペシャル版が登場！ 女には解らない、ゆえに愛すべき男心を描く、究極のアンソロジー。

川上弘美著

おめでとう

忘れないでいよう。今のことを。今までのことを。これからのことを――ぽっかり明るくしんしん切ない、よるべない十二の恋の物語。

川上弘美著

センセイの鞄
谷崎潤一郎賞受賞

独り暮らしのツキコさんと年の離れたセンセイの、あわあわと、色濃く流れる日々。あらゆる世代の共感を呼んだ川上文学の代表作。

川上弘美著

ニシノユキヒコの恋と冒険

姿よしセックスよし、女性には優しくこまめ。なのに必ず去られる。真実の愛を求めさまよった男ニシノのおかしくも切ないその人生。

川上弘美著

古道具 中野商店

てのひらのぬくみを宿すなつかしい品々。小さな古道具店を舞台に、年の離れた4人のもどかしい恋と幸福な日常をえがく傑作長編。

江國香織著
きらきらひかる
……。二人は全てを許し合って結婚した、筈だった妻はアル中、夫はホモ。セックスレスの奇妙な新婚夫婦を軸に描く、素敵な愛の物語。

江國香織著
こうばしい日々
坪田譲治文学賞受賞
恋に遊びに、ぼくはけっこう忙しい。11歳の男の子の日常を綴った表題作など、ピュアで素敵なボーイズ&ガールズを描く中編二編。

江國香織著
つめたいよるに
愛犬の死の翌日、一人の少年と巡り合った女の子の不思議な一日を描く「デューク」、デビュー作「桃子」など、21編を収録した短編集。

江國香織著
ホリー・ガーデン
果歩と静枝は幼なじみ。二人はいつも一緒だった。30歳を目前にしたいまでも……。対照的な女性二人が織りなす、心洗われる長編小説。

江國香織著
東京タワー
恋はするものじゃなくて、おちるもの——。いつか、きっと、突然に……。東京タワーが見える街で繰り広げられる狂おしい恋愛模様。

江國香織著
号泣する準備はできていた
直木賞受賞
孤独を真正面から引き受け、女たちは少しでも前進しようと静かに歩き続ける。いつか号泣するとわかっていても。直木賞受賞短篇集。

恩田陸著　六番目の小夜子

ツムラサヨコ。奇妙なゲームが受け継がれる高校に、謎めいた生徒が転校してきた。青春のきらめきを放つ、伝説のモダン・ホラー。

恩田陸著　ライオンハート

17世紀のロンドン、19世紀のシェルブール、20世紀のパナマ、フロリダ……。時空を越えて邂逅する男と女。異色のラブストーリー。

恩田陸著　図書室の海

学校に代々伝わる〈サヨコ〉伝説。女子高生は伝説に関わる秘密の使命を託された――。恩田ワールドの魅力満載。全10話の短篇玉手箱。

恩田陸著　夜のピクニック

吉川英治文学新人賞・本屋大賞受賞

小さな賭けを胸に秘め、貴子は高校生活最後のイベント歩行祭にのぞむ。誰にも言えない秘密を清算するために。永遠普遍の青春小説。

恩田陸著　私と踊って

孤独だけど、独りじゃないわ――稀代の舞踏家をモチーフにした表題作ほかミステリ、SF、ホラーなど味わい異なる珠玉の十九編。

恩田陸著　歩道橋シネマ

その場所に行けば、大事な記憶に出会えると――。不思議と郷愁に彩られた表題作他、著者の作品世界を隅々まで味わえる全18話。

角田光代著

キッドナップ・ツアー

産経児童出版文化賞・路傍の石文学賞受賞

私はおとうさんにユウカイ（＝キッドナップ）された！ だらしなくて情けない父親とクールな女の子ハルの、ひと夏のユウカイ旅行。

角田光代著

さがしもの

「おばあちゃん、幽霊になってもこれが読みたかったの？」運命を変え、世界につながる小さな魔法「本」への愛にあふれた短編集。

角田光代著

しあわせのねだん

私たちはお金を使うとき、べつのものも確実に手に入れている。家計簿名人のカクタさんがサイフの中身を大公開してお金の謎に迫る。

角田光代著

よなかの散歩

役に立つ話はないです。だって役に立つことなんて何の役にも立たないもの。共感保証付、小説家カクタさんの生活味わいエッセイ！

角田光代著

月夜の散歩

炭水化物欲の暴走、深夜料理の幸福、若者ファッションとの決別――。〝ふつうの生活〟がいとおしくなる、日常大満喫エッセイ！

角田光代
河野丈洋著

もう一杯だけ飲んで帰ろう。

西荻窪で焼鳥、新宿で蕎麦、中野で鮨、立石ではしご酒――。好きな店で好きな人と、飲む酒はうまい。夫婦の「外飲み」エッセイ！

ひざまずいて足をお舐め

山田詠美著

ストリップ小屋、SMクラブ……夜の世界をあっけらかんと遊泳しながら作家となった主人公ちかの世界を、本音で綴った虚構的自伝。

色彩の息子

山田詠美著

妄想、孤独、嫉妬、倒錯、再生……。金赤青紫白緑橙黄灰茶黒銀に偏光しながら、心のカンヴァスを妖しく彩る12色の短編タペストリー。

ラビット病

山田詠美著

ふわふわ柔らかいうさぎのように、いつもくっついているふたり。キュートなゆりちゃんといたいけなロバちゃんの熱き恋の行方は？

放課後の音符《キイノート》

山田詠美著

大人でも子供でもないもどかしい時間。まだ、恋の匂いにも揺れる17歳の日々——。放課後にはじまる、甘くせつない8編の恋愛物語。

ぼくは勉強ができない

山田詠美著

勉強よりも、もっと素敵で大切なことがあると思うんだ。退屈な大人になんてなりたくない。17歳の秀美くんが元気潑剌な高校生小説。

蝶々の纏足・風葬の教室

平林たい子賞受賞

山田詠美著

私の心を支配する美しき親友への反逆。教室の中で生贄となっていく転校生の復讐。少女が女に変身してゆく多感な思春期を描く3編。

唯川恵著

「さよなら」が知ってる たくさんのこと

泣きたいのに、泣けない。ひとりで抱えてるのは、ちょっと辛い――そんな夜、この本はきっとあなたに「大丈夫」をくれるはずです。

唯川恵著

ため息の時間

男はいつも、女にしてやられる――。裏切られても、傷つけられても、性懲りもなく惹かれあってしまう男と女のための恋愛小説集。

唯川恵著

100万回の言い訳

恋愛すると結婚したくなり、結婚すると恋愛したくなる――。離れて、恋をして、再び問う夫婦の意味。愛に悩むあなたのための小説。

唯川恵著

とける、とろける

彼となら、私はどんな淫らなことだってできる――果てしない欲望と快楽に堕ちていく女たちを描く、著者初めての官能恋愛小説集。

湯本香樹実著

夏の庭
――The Friends――
米ミルドレッド・バチェルダー賞受賞

死への興味から、生ける屍のような老人を「観察」し始めた少年たち。いつしか双方の間に、深く不思議な交流が生まれるのだが……。

湯本香樹実著

ポプラの秋

不気味な大家のおばあさんは、ある日私に奇妙な話を持ちかけた――。『夏の庭』で世界中の注目を浴びた著者が贈る文庫書下ろし。

吉本ばなな著
とかげ

私のプロポーズに対して、長い沈黙の後とかげは言った。「秘密があるの」。ゆるやかな癒しの時間が流れる6編のショート・ストーリー。

吉本ばなな著
キッチン
海燕新人文学賞受賞

淋しさと優しさの交錯の中で、世界が不思議な調和にみちている――〈世界の吉本ばなな〉のすべてはここから始まった。定本決定版！

吉本ばなな著
アムリタ（上・下）

会いたい、すべての美しい瞬間に。感謝したい、今ここに存在していることに。清冽でせつない、吉本ばななの記念碑的長編。

吉本ばなな著
白河夜船

夜の底でしか愛し合えない私とあなた――生きてゆくことの苦しさを「夜」に投影し、愛することのせつなさを描いた〝眠り三部作〟。

よしもとばなな著
なんくるない

どうにかなるさ、大丈夫。沖縄という場所が、人が、言葉が、声ならぬ声をかけてくる――。何かに感謝したくなる四つの滋味深い物語。

よしもとばなな著
みずうみ

深い傷を心に抱えた中島くんと、ママを亡くした私に、湖畔の一軒家は静かに呼びかける。損なわれた魂の再生を描く奇跡の物語。

新潮文庫最新刊

西加奈子著
夜が明ける
親友同士の俺とアキ。夢を持った俺たちは希望に満ち溢れていたはずだった。苛烈な今を生きる男二人の友情と再生を描く渾身の長編。

江國香織著
ひとりでカラカサさしてゆく
大晦日の夜に集った八十代三人。思い出話に耽り、それから、猟銃で命を絶った――。人生に訪れる喪失と、前進を描く胸に迫る物語。

結城真一郎著
#真相をお話しします
日本推理作家協会賞受賞
でも、何かがおかしい。マッチングアプリ・ユーチューバー・リモート飲み会……。現代日本の裏に潜む「罠」を描くミステリ短編集。

森絵都著
あしたのことば
小学校国語教科書に掲載された「帰り道」や、書き下ろし「%」など、言葉をテーマにした9編。すべての人の心に響く珠玉の短編集。

作刈湯葉著
幽霊を信じない理系大学生、霊媒師のバイトをする
理系大学生・豊は謎の霊媒師と出会い、奇妙な〝慰霊〟のアルバイトの日々が始まった。気鋭のSF作家による少し不思議な青春物語。

緒乃ワサビ著
天才少女は重力場で踊る
未来からのメールのせいで、世界の存在が不安定に。解決する唯一の方法は不機嫌な少女と恋をすること⁉ 世界を揺るがす青春小説。

新潮文庫最新刊

ブレイディみかこ著
**ぼくはイエローで
ホワイトで、
ちょっとブルー2**
ぼくの日常は今日も世界の縮図のよう。変わり続ける現代を生きる少年は、大人の階段を昇っていく。親子の成長物語、ついに完結。

矢部太郎著
大家さんと僕
手塚治虫文化賞短編賞受賞
1階に大家のおばあさん、2階には芸人の僕。ちょっと変わった〝二人暮らし〟を描く、ほっこり泣き笑いの大ヒット日常漫画。

岩崎夏海著
もし高校野球の女子マネージャーがドラッカーの『イノベーションと企業家精神』を読んだら
累計300万部の大ベストセラー『もしドラ』ふたたび。「競争しないイノベーション」の秘密は〝居場所〟——今すぐ役立つ青春物語。

永井隆著
キリンを作った男
—マーケティングの天才・前田仁の生涯—
不滅のヒット商品、「一番搾り」を生んだ男、前田仁。彼の嗅覚、ビジネス哲学、栄光、挫折、復活を描く、本格企業ノンフィクション。

ガルシア＝マルケス
鼓直訳
百年の孤独
蜃気楼の村マコンドを開墾して生きる孤独な一族、その百年の物語。四十六言語に翻訳され、二十世紀文学を塗り替えた著者の最高傑作。

M・ラフ
浜野アキオ訳
魂に秩序を
〝26歳で生まれたぼく〟は、はたして自分を虐待していた継父を殺したのだろうか？　多重人格障害を題材に描かれた物語の万華鏡！

大《おお》きな熊《くま》が来《く》る前《まえ》に、おやすみ。

新潮文庫　し－68－1

平成二十二年三月一日発行
令和六年七月五日三刷

著者　島《しま》本《もと》理《り》生《お》

発行者　佐藤隆信

発行所　株式会社　新潮社

郵便番号　一六二—八七一一
東京都新宿区矢来町七一
電話　編集部(〇三)三二六六—五四四〇
　　　読者係(〇三)三二六六—五一一一
https://www.shinchosha.co.jp

価格はカバーに表示してあります。

乱丁・落丁本は、ご面倒ですが小社読者係宛ご送付ください。送料小社負担にてお取替えいたします。

印刷・大日本印刷株式会社　製本・加藤製本株式会社

ISBN978-4-10-131481-5　C0193